СТОРОЖОВА ЗАСТАВА

Повість із життя
Київської Русі

ББК 84.4 УКР6
Р90

Популярна повість неперевершеного майстра
українського дитячого історичного роману
Володимира Рутківського присвячена
героїчним і маловідомим сторінкам нашого
прадавнього минулого. П'ятикласник Вітько
Бубненко якимось дивом потрапляє у 1097-й рік,
де разом зі славетними праукраїнськими богатирями
Іллею Муровцем, Олешком Поповичем та Добринею
захищає рубежі нашої землі, тобто землі Руської.

Художник
М а к с и м П а л е н к о

Володимир Рутківський
СТОРОЖОВА ЗАСТАВА

Видавництво «А-БА-БА-ГА-ЛА-МА-ГА», 2022,
видання восьме

Виключне право на видання
цієї книги належить «Видавництву Івана
Малковича «А-БА-БА-Г А-ЛА-МА-ГА»:
Свідоцтво: серія ДК, № 759 від 2.01.2002
Адреса видавництва: 01004, Київ, вул.Басейна, 1/2
Поліграфія: ПрАТ «Білоцерківська книжкова фабрика». Зам.: 22-278
ISBN 978-617-585-037-4

www.ababahalamaha.com.ua

Володимир Рутківський

Сторожова застава

Повість із життя
Київської Русі

А·БА·БА·ГА·ЛА·МА·ГА

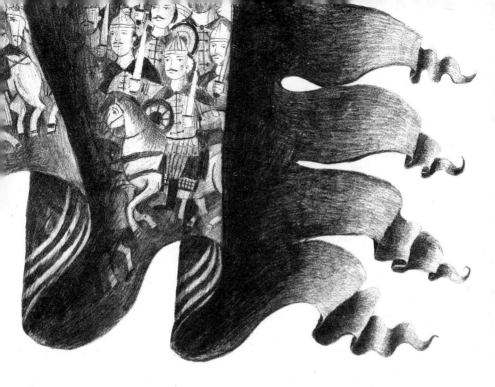

Н А   П О М І Ч !

Вивідники повернулися, коли ранкове сонце ледь-ледь визирнуло з-за верб.

Повернулися без втрат. Забрьохані з голови до ніг, стомлені кількадобовим безсонням, вони як злізли з коней, так одразу й повалилися на столочену траву. Їх навіть запах кулешу не привабив.

Один лише довготелесий Олешко Попович вмолов глибоку миску. Тоді загадав всюдисущим хлопчакам вилити йому на голову кілька цебер холоднющої колодязної води, пирхнув, як вдоволений кінь і подався до крислатого берестка, що височів край городищенського урвища.

В його тіні, за столом з товстенних дошок, стиха перемовлялося про щось двоє людей.

То були старший над римівською сторожовою заставою Ілля Муровець та найвідоміша у Римові людина — дід Овсій.

Говорив здебільшого дід Овсій. Невисокий, з обличчям, посіченим численними шрамами та роками, дід, проте, мав все ще зіркі очі, які помічали найменший недолік. А ще дід мав такий гострий язик, що його боялися навіть ті, хто вже нічого не боявся. Подейкували, що навіть сам Ілля Муровець остерігався ставати йому поперек дороги.

Забачивши Олешка, дід Овсій зупинився на півслові, зміряв його з голови до ніг глузливим поглядом, а тоді сповістив на все Городище:

— З'явився не забарився! — і, звертаючись до Муровця, додав:— Казав же я тобі, Ільку, що цього жевжика тільки за смертю посилати. Три дні тинявся з хлопцями невідомо де. А ми, бувало, за два вправлялися.

Муровець втомлено зітхнув. Дід не пропускав нагоди показати задавакуватому Олешкові його місце. І всі знали, чому. Дід вважав, що Олешко негідний руки його улюблениці Росанки.

Проте Попович не належав до тих, кого можна було збити з пантелику.

— Еге ж, вправлялися, — охоче згодився він. Тоді примружив око і ущипливо додав: — А заодно й половців за собою приводили...

—Що-о?

Ніби якась сила виштовхнула діда у повітря. Він оббіг навколо столу і зупинився навпроти Олешка, войовниче задерши голову.

Ілля Муровець не зміг приховати усмішку: надто вже дід Овсій нагадував старого войовничого горобця, що стрибав перед писком здоровенного собацюри.

— Що ти сказав? Повтори, що ти сказав! — вимагав дід, замахуючись на Олешка.— Це ми половців приводили, так?

— Ану, горобці, тихо! — гучно ляснув по столу своєю величезною долонею Муровець. — А ти, Олешку, мав би хоч трохи поваги до старших.

По Олешковому обличчю ковзнула вдоволена посмішка. Звісно ж, він мав повагу до старших, проте не міг утриматись від того, щоб не подражнити такого запального діда.

Потому Олешко сторожко, аби, бува, не схопити потиличника, обійшов старого і усівся навпроти Муровця.

— То все ж розкажи, чому затримався? — голос у Муровця був схожий на гудіння шершня в діжі.— Бо ж дідо усі ці дні не злазив з вежі, тебе виглядаючи.

Олешко озирнувся на старого. В його насмішкуватих очах на мить спалахнуло щось схоже на вдячність. Проте тут-таки й щезло.

— Правда, діду? — поцікавився він, розтягуючи рота до вух. — Невже не було більше кого лаяти?

— Та нащо ти мені здався! — зневажливо чвиркнув дід Овсій крізь вищерблені зуби. Тоді знову вмостився поруч з Муровцем і зажадав: — Та вже розказуй, базікало.

— Власне, особливо й розповідати нічого, — вже іншим, серйозним голосом почав Попович. — Від Сули до Хорола ми не зустріли жодної озброєної ватаги. Самі чабани та отари. Та й то зрідка. А от коли повертали назад, то помітили орду половців, що скрадалися поміж байраків угору по Дніпру...

Олешко помовчав, чекаючи, яке враження справлять його слова. Проте Муровець з дідом Овсієм і оком не змигнули, тож Олешко повів далі:

— Була їх добряча тисяча. От ми й почали стежити за ними. Тому й затримались.

— І що ж ти вистежив? — прогудів Муровець.

— Поприщ* за п'ять від Сули орда заховалася в плавнях. А що вони збираються робити далі, дізнаватися ми не стали. Взяли з хлопцями ноги в руки — і мерщій сюди.

Ілля Муровець перезирнувся з дідом. Тисяча озброєних половців — це серйозно. Особливо коли зважити на те, що римівська застава була чи не всемеро меншою. А що орда зачаїлася в плавнях — то вже вкрай небезпечно. Бо ніхто не відає, де вона вигулькне.

По недовгій мовчанці Муровець запитав:

— Спостережників попередив?

---

*Поприще — відстань, рівна польоту бойової стріли. Приблизно тисяча кроків.

— Аякже! І кінних, і тих, що на деревах сидять. Вони тепер очей з плавнів не зводять.

— А як з лящівцями та воїньцями? — запитав дід Овсій. — Теж повідомив?

По Олешковім обличчі промайнула тінь збентеження.

— Ні, — чесно визнав він. — Не встиг.

— Він не встиг, — зневажливо пирхнув дід. — А ті половці, може, саме до них і підкрадаються.

Олешко почухав потилицю — що тут скажеш?

— А ще хлопці, коли перебралися з-за Сули, заввважили, ніби в одному місці земля якось дивно задвигтіла, — натомість повідомив він.

Дід Овсій нахилився вперед.

— Це ж де саме?— швидко запитав він.

— Ближче до Чубарового лісу.

Дід Овсій кивнув головою.

— Саме там є Змієва нора, — сказав він. — Пам'ятаєте, колись я вам розповідав про неї?

Олешко недовірливо скривився:

— То все казки!

— Казки чи не казки, а розібратися треба, — заперечив Муровець. — То ти, Олешку, загадай своїм хлопцям, аби уважніше дивилися за тим місцем.

— Загадаю, — кивнув головою Олешко.

Як у воду дивися дід Овсій, коли попереджав про половецький напад.

Не встигли коноводи за наказом Муровця пригнати з пасовиська коні, як стежник на сторожовій вежі вигукнув, що з лісу вихопився вершник і жене до Городища, мов навіжений.

За хвилину вершник уже прогуркотів по мосту через Байлемів ставок і влетів у браму.

— Половці напали на Воїнь! — засапаним голосом вигукнув він. —Половці під Воїнем!

— Та не кричи, — поморщився Муровець.— Краще скажи, чи послали гінця до Переяслава?

— Послали, — римівець ніяк не міг віддихатися. — Але ж треба протриматися, поки князь Володимир приведе військо з Переяслава...

Атож, Переяслав таки далеченько — за сотню поприщ. Доки гінець доскаче туди, доки княжа дружина збереться, доки дістанеться Воїня — від міста можуть лишитися самі руїни.

Якусь хвилю Ілля дивився на гінця невидющим поглядом. Тоді звівся на ноги і звернувся до дружинників, що оточили їх тісним колом.

— Чули все? — гримнув він. — Тоді чого ґав ловите? Одягайтесь і на коні!

Дружинники кинулися по шоломи та панцирі. Затрималося лише кількаро сивовусих римівців. Вони все ще стояли на тому, що під час небезпеки треба передовсім захищати своїх рідних і свої будівлі, а не кидатися стрімголов, як оце зараз Муровець, невідомо куди і навіщо. Проте важкий погляд велета ковзнув по них і старих вояків наче вітром здмухнуло.

І все ж довелося трохи затриматись, бо напризволяще залишати Римів теж не годилося. Тому

Муровець звелів наймолодшим хлопчакам проїхатися містечком і підняти на ноги всіх, хто міг тримати зброю, а спостережникам зі сторожової вежі — подвоїти пильність і коли що — бити в усі била так, щоб і в Переяславі почули.

Наостанок Муровець спинив погляд на невеличкому гурті чотирна́дцяти-п'ятнадцятилітніх парубчаків, що притьмом примчали за дорослими дружинниками. В Римові їх називали молодшою дружиною Поповича, бо ж ніхто з дорослих не вовтузився з ними стільки, як він.

Хлопці вже вміли бігати не згірш за своїх батьків та старших братів, і стріляли не гірше, й на шаблях непогано билися. От тільки ще коней не мали та й мірятися силою з дорослими ратниками було їм ще рануато.

— А ви чого тут?! — поцікавився Ілля. — Що, теж чубитися з полинцем кортить?

Парубчаки закивали головами.

— Ану, киш з дороги! — гримнув на них Муровець. Втім прикусив губу і вже спокійніше додав: — Ви от що... Сідайте на коней і вдавайте, ніби ви вже дорослі. Нехай ті, хто піддивляється здалеку, подумають, що ніхто нікуди не виїздив. Зрозуміло? А старшим над вами буде...

Муровець на мить затнувся. Поруч з дідом височів Олешко. І, мабуть, варто було б саме його залишити з парубчаками. Проте зазвичай шибеникуваті очі Поповича дивилися на Муровця так благально, що серце велета не витримало.

— Старшим над вами буде дід Овсій, — прогримів Муровець. — Слухайтесь його, як мене. Бо коли що...

Що буде, він не доказав, але й без слів усі знали, що Муровець міг пробачити будь що, окрім боягузства та непослуху.

— Тож глядіть мені... — про всяк випадок ще раз попередив Муровець.

— Та їдь уже, їдь, — втрутився дід Овсій. — Нічого зайве лякати хлопців. Я сам за всім простежу.

В тому, що дід таки простежить, сумніву не було. Жодне сторожове містечко над Сулою не мало такого зіркого і в'їдливого діда.

А що буде потому, як дід щось запримітить, теж неважко було здогадатись. За його наказом старші хлопчаки та дівчата злетять на коней і почнуть гасати туди-сюди, щоб у ворожого спостережника склалося враження, що римівці запримітили орду і спішно готуються до оборони.

Якщо ж орда таки вирішить напасти, то найменші діти разом з старими жінками кинуться до човнів і розчиняться в присульських болотах, а парубчаки з дідами стануть з луками за огорожею. А римівська огорожа така, що за нею й один утримається супроти десятка нападників.

Муровець кивнув головою.

— Гаразд, — сказав він дідові і обернувся до Поповича. — Ти чого це стоїш як засватаний? Чи, може, тобі особливе запрошення потрібне?

Олешка мов язиком злизало. За мить він уже жваво бубонів до свого коня, загнуздуючи його.

ПІД СТІНАМИ ВОЇНЯ

Півтори сотні вершників пролетіли римівськими вулицями так швидко, що дворові пси здійняли ґвалт уже тоді, коли тупіт розтанув у лісі.

Нетерплячий Олешко Попович спочатку вихопився далеко вперед, проте невдовзі Ілля Муровець наздогнав його.

— Пожалій хоча б свого коня, — невдоволено прогримкотів він. — Ти ж з нього, вважай, три ночі не злазив.

— Нічого, нам з ним не первина, — безтурботно відгукнувся Олешко і поплескав коня по крутій шиї. — Правда ж, Орлику?

Орлик у відповідь дзвінко заіржав і знову вихопився наперед. Проте важкий Гнідко Муровця, що радше нагадував старого тура, знову повільно, але впевнено очолив перегони.

Біля першого лісового закруту на них чекало зо два десятки вершників з Вишнівки — невеличкого селища, зачаєного серед майже неприступних боліт.

— Що, вдома не сидиться? — насмішкувато вигукнув Попович. — Чи комарі вигнали?

— Та з комарами ми якось дали б раду, — негайно відгукнувся старший над вишнівцями, опецькуватий Козьма Боровик. — Але ж сам відаєш, що наш князь загадав при небезпеці не відсиджуватися за тином, а йти на поміч сусідові.

Козьма був любитель побалакати, тож Муровець лише кивнув йому і погнав Гнідка далі.

Коли до Воїня лишалось, може, одне поприще, вони наздогнали ватагу лящівців.

— О, — зрадів старший над ними, кремезний, зарослий по самі вуха Михтодь Хижий. — Тепер ми точно відтягнемо на себе добрячу половину половців. І воїньці зможуть протриматися до підходу князя Мономаха.

— Протриматися, кажеш, — Муровець невдоволено поворушив вусом. — А що, коли за цей час інша орда налетить на мій Римів чи твою Лящівку?

Хижий важко зітхнув.

— Та в мене самого душа не на місці, — признався він. — Але що ми можемо вдіяти?

— Гадаю, щось таки та зможемо, — нетерпляче повів плечем Муровець. — Пропоную таке. Ти з михайлівцями їдь на поміч воїньцям...

— Е, — засумнівався Хижий. — Мої вже вивідали, що за закрутом на Воїнь зачаївся великий половецький гурт. Мабуть, чекає на нас.

— Тим краще. Значить, ти їдеш ніби на поміч Воїню, а перед тим закрутом зупинишся, начебто щось запідозрив і пошлеш уперед чоловік з десять на розвідку. А сам з рештою зійдеш з дороги і вдариш на тих полинців зі спини. А як боїшся, то не сходь з дороги і вдавай, ніби чекаєш на мене.

— Я — боюся? — побуряковів Хижий. — Ти ще мене погано знаєш!

— От і добре, — кивнув головою Муровець. — Матиму змогу дізнатися краще.

І він перший звернув на ледь помітну лісову дорогу, що в'юнилася нагору, в обхід Воїня. За ним цугом подалася решта римівців.

Їхалося легко. Уночі випав гарний дощ, тож пісок був щільний і твердий. На ньому навіть поступу важкого Гнідка не було чутно.

За якесь поприще ліс порідшав і до римівців долинув невиразний гул. З кожною хвилиною він наростав.

Спинилися край узлісся, порослого бересклетом. Муровець зіскочив з коня і напригинці рушив до краю стрімчака.

Перед ним відкрився безмежний степ з блакитною стрічкою Дніпра посередині. По обидва його боки хвилями ходили пишні очерети, а густі байраки переходили в такі ж густі діброви.

Так, тут половцям нічого не вартувало підкрастися й зненацька випірнути під самими воїньськими стінами. Що вони й зробили.

На просторому лузі між старицею Сули і Воїнем тирлувалося безліч метушливого люду. Проте, схоже, воїньське городище цікавило їх чи не найменше.

Частина заплави була огороджена високими паколами, за якими застигло з десяток навантажених по вінця великих дніпровських вітрильників. Саме тут, у захищеній від половецьких набігів воїньській гавані, збиралися човни, що з товарами спускалися вниз по Тясмину та Сулі, аби потім піднятися вгору по Дніпру аж до Києва і, можливо, далі. Саме тут ставали на перепочинок київські купці перед далекою дорогою до Царграду.

Часом у гавані збиралися такі великі багатства, що половецькі ханки і просто степові розбишаки втрачали голову.

От і зараз до огорожі пливла чи не половина орди, що вигулькнула під Воїнем. Пливла голяком, поклавши на маленькі очеретяні плотики зброю та сакви на здобич. Передні вже розхитували палі, а дехто навіть прослизнув за огорожу і тепер прямував до вітрильників. А що кожен охороняло не більше одного-двох сторожів, то було зрозуміло, чим закінчиться цей напад.

На березі безладними купами громадилася полишена степовиками одежа.

Решта половців засипала стрілами ворота, не даючи воїньцям прийти на допомогу охоронцям вітрильників.

Так, тут усе було зрозуміло. Тож Муровець перевів погляд ліворуч.

Вивідники Хижого таки не помилилися. Один з половецьких гуртів скупчився край битого шляху, що вів на Лящівку та Римів. З іншого боку закруту, за якусь сотню кроків від нього, нерішуче переминалися на конях десять лящівських дружинників. Перекриваючи собою всю дорогу, вони так насторожено витягували шиї, що навіть Муровець повірив, ніби вони щось запідозрили.

За їхніми спинами решта лящівців з"їжджала з дороги і розчинялася в гущаві.

Тут теж усе було ясно. За кілька хвилин лящівці вдарять у спину засідці. І римівцям, аби не відставати від них, також треба було не баритися. Але куди краще вдарити?

Муровець перевів погляд праворуч.

Серед загальної метушні край вербової балки виділялося кілька степовиків у багатих половецьких халатах. Мабуть, то була ханська старшина. Час від часу то один, то інший прикладав долоні до рота і щось вигукував. Не інакше, віддавав накази своїм людям.

За спиною пишноодіжної старшини переминалася на конях сотня дебелих половців.

— Ого, скільки їх набігло! — почувся за спиною голос Поповича. — Не тисяча, а добрих півтори набереться!

— Потім порахуємо, — нетерпляче повів плечем Муровець. — Ти краще скажи, де нам зручніше вдарити?

— Звісно, де, — розважливо відказав Олешко, втішений тим, що сам Ілля Муровець цікавиться його думкою. — Битися одразу з усіма нам не під силу, а от відтягти на себе частину половців, як каже той Хижий, ми таки зможемо. Гадаю, що он з тієї відноги, — він кивнув праворуч, — дуже зручно засипати стрілами і тих половців, що пробираються до гавані, і тих, хто товпиться перед воїньськими ворітьми...

— Це ти гарно придумав, — похвалив його Муровець. А тоді рішуче, наче припиняючи всі суперечки, ляснув себе по коліну величезною долонею і вирішив: — Отже, так. Спершу ми наскочимо на он ту старшину. Тільки треба це зробити так несподівано, щоб вона не встигли прийти до тями.

В Олешкових очах спалахнув непідробний захват.

— А й справді! — вигукнув він. — Ви, дядьку Ільку, придумали ще краще! А коли так, тоді ми звернемо на оту дорогу і скотимося їм на голову, мов камінь...

— Дорога, кажеш? — засумнівався Муровець. — Ні, вона не підійде. Полинці нас на ній одразу вгледять. А от, коли пробратися поза он тими берестками та бузиною, — нас ніхто й не помітить.

І спустимося ми якраз за спинами тої засідки, що виглядає нас від Лящівки. А ти, тільки-но завважиш, що старшина їхня готова дременути, негайно бери з півсотні хлопців і лети туди, де оті голяки залишили свої бебехи. Стань біля них і зроби все, аби вони з води вже не вибралися, зрозумів?

— Оце буде весело! — зрадів Попович.

Тим часом дехто з половецької старшини вже вдоволено потирав руки. Ще трохи — і їхні люди проберуться за огорожу і полізуть на лодії. І тоді все буде їхнє — меди, збіжжя, хутра, полотна, зброя...

Старшина так захопилася спогляданням гавані, що не одразу звернула увагу на тупіт, який долинув з-за густих бересклетових заростей. Не дуже схвилювалися вони й тоді, коли із заростей вихопилася ватага вершників.

— Мабуть, Андакові люди подумали, що ми вже захопили уруські човни зі скарбом, — криво осміхнувся сивоголовий половець.— От і прискакали...

— Та хто йому дозволив кидати засідку? — обурився його сусіда.— Це ж нечувано!

Проте його зацькали, бо Андак був сином хана Курнича, чиїм улусом вони щойно дісталися до присульських плавнів.

Половецька старшина спохопилася лише тоді, коли вершники опинилися на відстані якоїсь сотні кроків. Попереду на могутньому огирі важкувато наближався справжній велет. Нараз він вихопив важенну шипасту довбню і крутонув нею над головою.

Слідом, краючи повітря довгими мечами, щільним гуртом летіли уруські дружинники. І, здається, кінця-краю їм не буде.

— Та це ж Муровець! — злякано вигукнув один з половців.

Так, це був саме він — могутній ватажок нездоланної римівської застави. Скільки разів найхитріші половецькі орди намагалися обійти Римів — і не вдавалося. Скільки разів пробували вони прорватися силою — і не виходило. Римівці якимось дивом зауважували їхню появу ще за багато поприщ від Сули. А що вже билися! В половецькому степу про римівців говорили як про шайтанів, що перевдяглися в обладунки русичів.

І наймогутнішим з-поміж тих шайтанів був Муровець. Він один без роздумів міг кинутися чи не на сотню озброєних ординців. І ті нічого не могли з ним удіяти, бо ж посвист його довбні навіював жах навіть на найхоробріших, а товстелезний щит Муровця не могли взяти ні стріли, ні ножі. Зайти йому за спину теж не вдавалося, бо слідом за Муровцем невідступно снували найдужчі римівці.

— Зупиніть його! — настрашеним голосом вигукнув до охорони один зі старшини.

Охоронці, вихопивши криві шаблі, кинулися навперейми Муровцеві.

Проте, схоже, охоронці були нецікаві римівському велетові. З такими впораються й ті, хто їхав за ним. Муровця ж понад усе цікавила половецька старшина, яка досі, здається, так нічого й не збагнула.

Тож Муровець відмахнувся довбнею від одного з нападників, а іншого турнув щитом з такою силою, що той вилетів із сідла. Третього разом з конем збив на землю Гнідко.

Старшина прийшла до тями лише тоді, коли Муровець опинився всього за якихось два десятки кроків від неї. Той, хто віддавав наказ охороні, зненацька вереснув тонким голосом і рвонув за поводи з такою силою, що кінь звівся дибки. Затим розвернувся на місці — і за мить щез в прибережних верболозах. За ним так само блискавично розвернулася решта. А тоді...

Іллю Муровця надзвичайно дивувала здатність половців щезати зненацька. От і зараз їх було стільки, наче жаб у болоті, а тепер — жодного. Тільки сухо тріщали очерети впереміш з передсмертними зойками тих, хто не зміг ухилитися від блискавичного руського меча.

Нараз з-за верб вилетіла ватага лящівців на чолі з Хижим. Він був без шапки, на плечі густо запеклася кров — чи то його, чи половецька.

Хижий порівнявся з Муровцем і обпік його шаленим поглядом.

— Римівці, чом стоїте? — хрипко видихнув він. — Гайда за ними!

Муровець люто глянув услід втікачам. З якою радістю він гнав би їх аж до Дніпрових порогів, де стоїть стійбище головного половецького хана, чи до самого моря, в якому нічого, крім солоної води, немає.

Проте був наказ князя Володимира ні в якому разі у половецький степ збройно не вихоплюватися...

— Отямся, Михтодю, — не стільки йому, скільки собі відказав Муровець. — Невже забув, що в заручниках у них Мономахів син — княжич Святослав? І варто нам збройно вихопитися за Сулу — як з нього першого знімуть голову. Ти цього хочеш?

— Та я що... — охолонув Хижий. — Я ж просто так.

Спересердя він сплюнув собі під ноги і повернув коня до воїньских мурів, під якими все ще нерішуче переминалося з півтисячі половців.

Ті вже встигли завважити, що їхня старшина кудись щезла, проте що саме спричинилося до її втечі — ще не втямили.

А от захисники Воїня виявилися кмітливішими. Нараз стулки важенних воріт широко розчинилися, з них вихопилася сотня вершників і відчайдушно запрацювала мечами.

Ошелешені такою несподіванкою, половці майже не боронилися. Обминаючи Муровця з товариством, вони рвонули слідом за своєю старшиною.

Затріщали очерети, зачвакали в болотяній твані копита, і знову все стихло.

Тепер погляди всіх дружинників були звернені до широкого плеса, усіяного голими половцями. Уподовж берега гасав Попович з кількома десятками римівців. Вони галасували несвоїми голосами, улюлюкали на половців, мов на зайців, і раз-по-раз, не цілячись, посилали стріли у тих, хто намагався вибратися на берег.

Завваживши, що натовп русичів збільшився у кілька разів, половці облишили думку дістатися до одежі. Нараз вони дружно, мов зграя шпаків, розвернулися від берега і наввимашки подалися до рятівних очеретів. Олешко кинувся їм наперéріз, проте копита його коня одразу увійшли в грузьку землю. Олешко злетів з сідла, зопалу зробив кілька кроків і опинився по пояс у твані.

— Втечуть! — вибираючись на сухе, у розпачі простогнав він.

— Ну, допустімо, втечуть далеко не всі, — заспокоїв його один з воїньських дружинників, на мить опинившись поруч з Поповичем. — Там болото таке, що й наші не завжди можуть вибратись. Тут хіба що плоскодонки допоможуть.

А захисники Воїня тим часом уже виводили на воду свої легкі рухливі човенці. Шалено працюючи веслами, вони подалися услід втікачам, що вже ховалися в таких рятівних, як їм здавалося, очеретах.

Та за якусь хвилю звідтіля почали лунати розпачливі зойки і крики про допомогу.

І вона надійшла. Веслярі один за одним з розгону врізалися в очерети. А невдовзі звідтіля почало долітати насмішкувате:

— Рукою, рукою хапайся, йолопе!

— Та не бійся, не вб'ю я тебе!

— Тримайся, я зараз...

За деякий час веслярі почали повертатися з комишів. Поверталися не самі. Майже на кожному човні сиділи скулені, на смерть перелякані нападники.

— Оце стільки лишилося від тої півтисячі? — радісно здивувався хтось із римівців. — А інші що — потопилися в очеретах?

— Та не всі, — відказав один з веслярів, забрьоханий, як і половці, з голови до ніг. — Хто одразу звернув ліворуч, той може вибратися на сухе.

— Навряд, — засумнівався хтось із воїньців. — Там на них Хижий пильнує...

Врятованих половців виявилося майже сотня.

— Якщо ти, Ільку, не проти, — сказав старший над воїньською заставою, опецькуватий, схожий на корч Оцупок, — то ми їх пошлемо в дарунок нашому князеві Мономаху. Він, чував, переяславські мури збирається зміцнювати, то ж кількасот половецьких рук не будуть зайві.

— Як так, то й так, — відмахнувся Муровець. — Гей, Олешку, збирай людей, час вертатися додому!

Проте Олешко не відгукнувся. Після тривалих пошуків його знайшли під вербами край лугу. Попович спав, припавши щокою до коріння. Над ним стояв, схиливши межи передніх ніг голову, його кінь.

Він теж спав. З його губи звисав жмут недожованої трави.

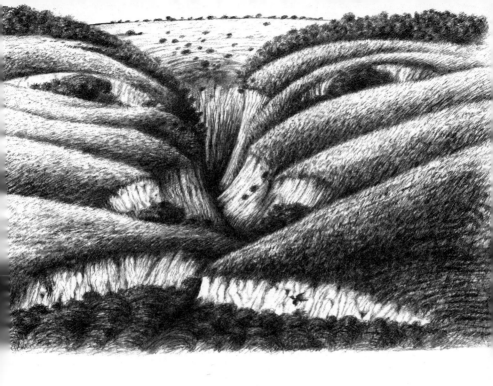

З ІСТОРІЇ РІДНОГО КРАЮ

Чортів яр перерізував Воронівку майже навпіл. Починався він неподалік від головної вулиці, а закінчувався аж біля греблі на Байлемовому ставку. За ставком на стрімкому, зарослому дерезою, пагорбі виднілося старезне Городище. За ним розкинулися безмежні присульські плавні.

Коли наблизитися до Чортового яру від дороги й поглянути вниз — він видається таким прямовисним та глибочезним, що не в одного сміливця виникає бажання мерщій припасти до землі, щоб не звалитися в нього. А от коли підійти до яру збоку, поза городами тітки Горпини й баби Пріськи і, тримаючись за кущі, полізти униз, то й не зчуєшся, як опинишся на самому дні…

Чому саме цей яр назвали Чортовим — не знав ніхто. Одні стверджували, буцімто назва пішла від того, що тут сам біс ногу зламає. Інші — що таки зламав, хоча й невідомо, чи навідувався той біс колись у Воронівку…

Суперечки ці тяглися довго, аж доки Ігор Мороз вичитав у знаменитому альбомі свого прадідуся правдиву історію про походження назви яру.

Виявляється, воронівські жінки з давніх-давен брали звідсіля глину для обмазування своїх хат. Про це свідчили ями та печери, якими були густо подзьобані стіни яру. Деякі з печер сягали у довжину п'яти або й більше метрів.

Жінки брали глину з яру аж до тієї днини, коли ще молода баба нинішньої тітки Горпини вилетіла з яру мов ошпарена й оголосила на все село, що докопалася вже аж до потойбічного світу. Бо зі стіни тієї печери, де вона щойно довбала глину, зненацька почувся скрегіт криці, кінське іржання та інші затяті звуки..

— Немов чорти у пеклі чубляться, — злякано докінчила баба нинішньої тітки Горпини.

Воронівські господині зойкнули, хутко перехрестилися і подалися шукати глину до іншого яру.

А ще Ігор з прадідусевого альбому довідався, ніби влітку 1943 року на головну вулицю Воронівки зненацька вихопився гурт якихось чудернацьких людей.

На них було вбрання, дуже схоже на військове спорядження древніх часів. Прадідусь стверджував, що ті люди скидалися на кочівників-половців. На своє нещастя, кочівники вихопилися з яру в ту хвилину, коли вулицею поспішали на схід фашистські танки. Зчинилася страшенна стрілянина і воронівські мешканці кинулися до своїх схованок. А коли вибралися звідтіля, то від тих танків і чудернацьких людей не лишилося й сліду.

Відтоді усі розумні люди ходили дорогою, що пролягала осторонь від Чортового яру. А оскільки інших у Воронівці не водилося, то уже не один десяток років до яру не ступала нога дорослого.

І ось тепер на Чортів яр накинули оком Колько Горобчик та його непосидюща компанія. А приводом для цього став лист від їхнього доброго знайомого Костянтина Петровича...

О, Костянтин Петрович — ото людина! На нього ледь не молилися усі п'ятикласники Воронівської школи. Ще б пак — він здатен утнути таке, що іншому дорослому і в голову не стрельне.

Позаминулого літа, наприклад, він разом зі своєю хрещеницею Ганнусею приїхав у їхнє село на канікули. Всього лише на канікули, а закінчилося тим, що їхній третій клас майже місяць ходив перемазюканий вишневим варенням — вони варили його для далеких друзів, які про таке варення тільки мріяли.

Минулого літа Костянтин Петрович з Ганнусею теж приїхали до Воронівки — і тоді четвертий клас знову зазнав таких пригод, що про них один пись-

менник навіть книжку написав. Називається вона
«Канікули у Воронівці».

І оце — знову лист від Костянтина Петровича.

Спочатку він покартав хлопців, що ті мало пишуть
йому про останні воронівські новини, а тоді повідо-
мив, що й цього літа вони з Ганнусею збираються
приїхати до Воронівки. А наприкінці запропону-
вав: «А чом би нам з вами цього літа не зайнятися
історією рідного краю? А то ж не знаємо навіть,
у яких місцях живемо. Це ж сором який!»

Звісно, лист надійшов на адресу Колька Горобчика.

Знав Костянтин Петрович, кому його надсилати!
Бо вже наступного ранку Горобчик забув про свій
новенький комп'ютер і заходився складати списки
тих, хто хотів би вивчати історію рідного краю. Себе
він, звісно, записав до того списку першим. За ним
записалися Ігор Мороз, Вітько Бубненко, Ванько
Федоренко... Словом, ті, кому не сиділося вдома.

Щоправда, Ванько Федоренко засумнівався, чи
вийде щось із тієї затії.

— Та яка ж у нас історія? — дивувався він. — Он
у Києві — отам історія! Або навіть у Стародавньому
Римі. А в нас — що? Воронівка та й годі. Одразу
видно, що, крім ворон, у нашому селі раніше нічого
путнього й не водилося.

Колько Горобчик аж підстрибнув від обурення.

— Як то нічого не водилося? А оті чорти, про яких
кричала баба тітки Горпини? А половці, що колись
вихопилися з нашого Чортового Яру?.. Мовчав би
вже краще!

— Може, вони такі самі, як і ті русалки, — не здавався Ванько.

— Які ще русалки?

— А оті, що ми їх минулого літа шукали, — встряв у суперечку Вітько Бубненко. — Разом зі шпигунами.

Колько Горобчик хотів було сказати щось ущипливе, проте промовчав: за цей рік Вітько Бубна так зміцнів, що з ним навіть деякі старшокласники боялися зв'язуватись. До того ж Вітько разом з Ігорем Морозом відвідував шкільну секцію з боротьби.

— А Городище? — раптом сказав Ігор Мороз.

Цього разу заперечити ніхто не зміг. Бо коли у Воронівці й було щось загадкове, то це саме Городище. Розташоване воно на високому пагорбі по той бік Байлемового ставу. На його схилах приліпилося десятків зо два старезних хат. Було там також древнє, заросле дерезою, кладовище. Від села на Городище дорога піднімалася хоча й стрімко, проте на нього усе ж сяк-так можна було вибратися навіть возом. А от з іншого боку Городища, над неосяжними присульськими плавнями пагорб уривався так прямовисно, що в животі тенькало ще більше, ніж тоді, коли заглядати до Чортового Яру.

Посеред Городища, наче якийсь загадковий знак, вросла у землю величезна гранітна брила. А ще довкола нього час від часу знаходили то наконечник стріли, то заіржавлений уламок меча...

Проте кому вони належали, хто тут бився і з ким — цього ніхто з воронівців не знав. Щоправда, колись історією Городища займався місцевий учитель

Семен Пилипович Врадій. Але він уже давно помер, а його сім'я кудись переїхала.

— Треба ту сім'ю розшукати, — запропонував Ігор Мороз. — Може, хоч якісь папери у них залишилися.

— От-от, — згодився Колько Горобчик. — А поки що давайте подумаємо, де будемо збиратися.

— Звісно, де, — втрутився Вітько Бубна. — У школі, де ж іще!

— Краще в клубі, — запропонував Ванько Федоренко. Його батько працював там кіномеханіком.

— Пхе, — скривився Горобчик.— Це все нецікаво. Нам би знайти щось інше. Таке... Якесь історичне або й доісторичне місце. Печеру б якусь вирити, чи що.

— А навіщо її рити? — здивувався Вітько Бубна. — Он у Чортовому Яру ними хоч греблю гати!

— Це ти гарно придумав, — похвалив його Горобчик і подався додому. Там він заліз у інтернет і заходився розшукувати відомості про їхню Воронівку. Та оскільки нічого путнього знайти не вдалося, він подався до сільської бібліотеки, де, кажуть, зберігалося кілька старовинних книг з історії.

Ігор Мороз поліз на горище, щоб знайти початок прадідусевого альбому. Він же пообіцяв розшукати адресу сім'ї Семена Пилиповича Врадія.

Ванька Федоренка батьки під обидві руки повели до лікарні, щоб полікували йому зуба.

Тож Вітькові Бубні не лишилося нічого іншого, як взяти заступ і спуститися до Чортового Яру, аби підправити якусь із печер.

ДИВНІ ЗВУКИ

Цілий тиждень Вітько не вилазив з Чортового яру. Часом навідувався Ігор Мороз і ставав поруч до роботи. У Ігоря був кепський настрій, бо він ніяк не міг знайти початок прадідусевого альбому.

Щоправда, йому пощастило розшукати рідню Семена Пилиповича. Однак виявилось, що вчителеві внуки встигли пустити дідусеві записи на паперові кораблики.

Одного разу прибіг захеканий, проте страшенно вдоволений собою Колько Горобчик. Під пахвою він тримав невеличку теку.

— Ось, — урочистим голосом почав він і тицьнув теку Вітькові під ніс. — Бачиш? Оце половець. А оце руський воїн. Я прочитав у бібліотеці, що тут, понад нашою Сулою, вони дуже часто билися.

Вітько довго розглядав малюнки.

— З якої книжки ти їх видрав? — нарешті запитав він.

— Ти що — бібліотекар? — образився Колько.

Він вихопив з Вітькових рук малюнки і знову подався до села.

На сьомий день печера була гідна того, аби в ній збиралися найкращі знавці історії рідного краю. Довжиною вона сягала метрів з десять, а щодо висоти, то навіть Костянтин Петрович (якщо він, звичайно, приїде) міг би стояти в печері не згинаючись. У глибині печери Вітько видовбав кілька закапелків для майбутніх історичних реліквій. А оскільки там постійно панували густі сутінки, то Вітько приніс батькового ліхтаря. Проміння у нього було таке яскраве, що при потребі можна було освітити не лише закапелок, а й половину Воронівки.

Підлогу Вітько вимостив кількома оберемками пахучого сіна. Від крамниці притарабанив ящика з-під сірників — той мав слугувати за стіл. По боках ящика Вітько поклав на кілька цеглин дві тесані дошки — то були лавки уздовж столу.

На одній стіні висіла книжкова поличка. На ній Вітько поставив кілька фантастичних збірників, посібник з боротьби та батькову книжку про догляд за кіньми. Його батько працював конюхом і гордий

Вітько не раз галопом пролітав вулицями Воронівки, полишаючи за собою пилюку, собаче валування та заздрісні хлоп'ячі погляди. Підручник з боротьби — то дарунок тренера Вітькові Бубненку як майбутньому чемпіонові. Книжки з фантастики Вітько збирав сам. Йому страшенно подобалося читати про подорожі в минуле на машині часу. Натиснув на потрібну кнопку — і замість сучасної Воронівки перед твоїми очима вже шумлять первісні праліси. Або постане древній Київ над широким Дніпром. Чи навіть Рим над... яка ж там річка? От є на що подивитися! От є де розгулятися таким хлопцям, як він, Вітько Бубненко, чи його друг Колько Горобчик!

До речі, Колько Горобчик учора на протилежній стіні прилаштував шматок дикту, на якому наклеїв кілька малюнків з життя Давньої Русі. Там були і печеніги, і половці, і великокняжі воїни у залізних обладунках і кольчугах. Найбільше місця займав малюнок з трьома руськими богатирями. Посередині, звісно, височів славетний Ілля Муромець. Поруч з ним — Добриня Микитович та Альоша Попович.

— Вони колись у Києві жили, — пояснив Колько, приклеюючи цей малюнок до дикту. — То, може, і в наших місцях побували...

Ото, здається, і все. Вітько усівся на саморобну лаву і стомлено витяг ноги. Незабаром мають підійти хлопці. А там, дивись, і Костянтин Петрович з Ганнусею приїдуть на канікули. Ото буде весело!

І тут його вухо вловило якісь незрозумілі звуки.

Спочатку Вітько не звернув на них ніякої уваги. Може тому, що над Воронівкою час від часу пролітали вертольоти. Лише згодом до нього дійшло, що ті звуки долинали звідти, звідки долинати не повинні. А саме — з глибини печери.

Вітько ошелешено втупився в куток. Там, як завжди, було темно. Але сьогодні в тих сутінках ніби хтось невидимий з усіх сил гамселив палицею по дереву...

Згодом до цього стукоту приєдналося металеве клацання. А тоді пролунало таке розпачливе кінське іржання, що майбутній чемпіон і незчувся, як опинився біля виходу з печери. Чомусь пригадалися розповіді про потойбічний світ. Може, й справді там чорти б'ються? Тоді, звісно, краще зачекати хлопців біля печери...

Нараз Вітько уявив глузливу посмішку Колька Горобчика, розчарований погляд Ігоря Мороза та їхнього тренера. Ще б пак — один з найкращих борців Воронівської середньої школи, і раптом — на тобі: злякався невідомо чого!

І тут Вітько здогадався, у чому річ. Ну й Колько, ну й Горобчик! Тепер зрозуміло, чому він крутився біля тих закапелків, чому цюкав лопатою в стіну. Звичайно, непомітно приніс свого старого магнітофона і прикопав його в кутку... А тепер хлопці якось ввімкнули його — і сидять десь у бур'янах навпроти та й гигикають, дивлячись як він, Вітько Бубненко, тремтить біля печери, наче остання трясогузка!

Вітько потягся, аби показати тим, хто стежить за ним, ніби він вискочив з печери не тому, що когось злякався, а просто йому захотілося подихати свіжим повітрям. Потому взяв заступ, що стояв біля входу, і знову рушив углиб печери.

Звуки посилилися. Мало того, тепер до кінського іржання додалися ще й людські вигуки.

«Цікаво б дізнатися, звідкіля Колько переписав увесь цей гармидер? — подумав Вітько. — Мабуть, з якогось фільму... Ну нічого, зараз я про це довідаюсь...»

І він обережно увігнав заступ у глину. Не в те місце, звідкіля долинали звуки, а поряд, щоб не пошкодити магнітофона. Копнув раз, удруге...

Зненацька заступ ніби провалився у якусь порожнечу. Дивно. Адже, окрім багатометрової товщі глею, за цією стіною нічого не повинно бути...

Ще кілька ударів заступом — і Вітьковим очам відкрилася інша печера. Вона була набагато менша. Така собі триметрова заглибина з невеличким напівзруйнованим піддашком. І та заглибина була яскраво освітлена. Але ж цього не могло бути! Не могло бути освітленої сонцем місцини у глибині земної товщі!

Проте вона була.

Повагавшись, Вітько протиснувся через щойно видовбану дірку. Тепер іржання, металевий перестук і людські вигуки лунали зовсім близько.

Вітько вибрався із заглибини, озирнувся і завмер з роззявленим ротом.

Виявляється, його якимось дивом занесло за кілька кілометрів від Воронівки — туди, де має бути брід через Сулу. Авжеж, он від річки до воронівського лісу веде перешийок. А он, ген на обрії, бовваніють кручі воронівського Городища.

Проте Вітько дивився у той бік лише якусь хвилину. А тоді його увагу привернуло інше: праворуч, за високим чагарником, творилося щось незрозуміле.

Вітько продерся крізь кущі і остовпів — за якусь сотню кроків від нього точилася люта битва.

ПОЛОВЕЦЬ

Один боронився від цілого гурту.

Високий широкоплечий юнак у вбранні давньоруського воїна дзиґою крутився на сірому коні межи низькорослих, але кремезних нападників. Його довгий широкий меч зі свистом розтинав повітря, і вже троє чи четверо покотом лежали поміж лугових купин. Неподалік гасали перелякані коненята — низькі, волохаті...

Та все ж нападників було набагато більше. Прикриваючись щитами, вони оточували високого юнака щільним півколом. Нападники притискували його до болота. Давньоруський воїн, як і раніше, наносив могутні удари, проте видно було, що вирватися з такого оточення йому буде важкувато.

«Кіно знімають чи що? — подумав Вітько. — А ми ж нічого про це не знали. Навіть сам Горобчик не знав...»

Ба й справді, схоже було, що знімають якийсь історичний фільм. Ці кремезні низькорослі нападники як дві краплини води скидалися на половців. І давньоруський воїн був схожий на того, що з Горобчикових малюнків....

Але де ж ті, що знімають цей фільм? Де оператор зі своєю кінокамерою (по телевізору Вітько не раз бачив, як знімають фільми)? Де режисер, що хвилюється і кричить гучніше за всіх? Де, врешті, інші актори?

Щоб краще їх побачити, Вітько звівся на повен зріст і вийшов з-за чагарів. Проте акторів він не побачив. Ні акторів, ні операторів, ані режисера.

Зате побачили його самого. Один з половців, озирнувшись у його бік, зненацька заверещав пронизливим голосом, звів дибки свого коня і учвал погнав його на хлопця.

«Злякати хоче», — промайнула думка. Проте у нападника було таке розлючене обличчя, він так загрозливо здіймав над головою списа, що ноги самі понесли Вітька до рятівної заглибини з напівзруйнованим піддашком. Звідтіля він в'юном прослизнув через отвір до своєї печери і зачаївся в кутку.

Власне, переляку Вітько не відчував. Він був переконаний, що нападник з лютим обличчям — не хто інший, як актор, переодягнений у половецьке вбрання. От зараз він зіскочить з коня, просуне голову в отвір і, посміхаючись, запитає: «Що, хлопче, злякався? Ану, вилазь та йдемо подивимося, що буде далі...»

Проте замість обличчя в отворі з'явився спис і заходився штрикати навсібіч.

«Тю, дурний! — обурився Вітько чи то на спис, чи то на вершника. — А якби ото я чи хтось інший стояв посеред печери?»

За списом у отворі з'явилася голова в плескатому шоломі. Вузькі очиці, либонь, ще не звикли до сутіні, бо нападник щільно зажмурював і розплющував повіки.

Вітько і сам не міг збагнути, яким чином у його руці опинився батьків ліхтарик.

«Ну, я ж тобі зараз покажу, як тицяти списом», — зловтішно подумав Вітько і спрямував сліпучий промінь у нападника.

Жах спотворив і без того неприємне обличчя половця. Очі йому майже вилізли з орбіт. Якийсь час його рот судомно роззявлявся — точнісінько, як у карася, котрий опинився на березі. А затим пролунав такий нажаханий зойк, що у Вітька зашпигало у вухах. Приглушено гупнув об долівку спис і пласке обличчя щезло, мовби його й не було. Чулося лише, як віддаляється пронизливий голос, як у відповідь йому озвалося ще кілька чи то розгніваних, чи то нажаханих голосів.

Нараз дзенькіт мечів припинився, натомість по землі розсипався частий тривожний дріб копит — і все затихло.

Кілька хвилин Вітько непорушно сидів у своєму закапелку і прислухався до кожного шурхоту. Проте вухо його так і не змогло вловити нічого загрозливого. Хіба що з боку Чортового Яру долітало приглушене гудіння вертольота.

«Чому це він так перепудився? — дивувався Вітько з поведінки половця. — Так, ніби ніколи в житті ліхтаря не бачив. Дивно...»

Вітько ще трохи повагався, а тоді обережно просунув голову в отвір.

У сусідній заглибині нікого не було. Тож він узяв ліхтарика в одну руку, лопату — в іншу і подерся нагору.

Ось і знайомий уже кущ шипшини, вигин Сули, ледь помітна дорога між болотами. На самісінькому обрії бовваніє Городище.

Але що це?

Вітько протер очі і знову поглянув у бік Городища. Він звик бачити над урвищем з десяток хат та й годі. А тепер перед Вітьковим зором на краю Городища підводилася справжня фортеця. З темними стінами, гостроверхими баштами і вежею. На стінах, схоже, метушилися якісь маленькі, мов комахи, постаті.

Вітько розгублено озирнувся. На перший погляд усе було звичне і знайоме. Проте лише на перший. Трава, здається, була вища і соковитіша. Дорога, що вела від Сули до воронівського лісу, начебто ніколи не знала тракторних траків. Та й сама Сула була куди повноводніша...

Позад нього почувся легкий шурхіт. Щось промайнуло в повітрі, навколо Вітькової шиї обвився зашморг і дужий ривок звалив хлопця на землю.

«От тобі й історія рідного краю...» — тільки і встиг подумати Вітько.

ЗМІЇВ ВИВІДНИК

Коли Вітько прийшов до тями, виявилося, що він, мов теля, припнутий до крислатого берестка. За кілька метрів від нього виднілася заглибина, з котрої він щойно так необачно виліз. Неподалік стривожено переступав ногами сірий кінь, на котрому нещодавно бився юнак у вбранні давньоруського воїна. Кінь теж не зводив погляду із заглибини.

Але куди подівся сам господар цього коня? Що з ним трапилось? І, зрештою, що трапилося з самим Вітьком?

Хлопець із зусиллям повернув голову в один бік, у другий. Ніде нікого. Хіба що з десяток низькорослих, волохатих коненят знічено никали в перешийку між болотами та над берегом Сули.

Боліло плече, саднило в ліктях. Вітько спробував звільнитися. Однак марно — той, хто його зв'язав, очевидно, непогано розумівся на цій справі.

Зненацька сірий кінь стріпнув головою і радісно заіржав. Тієї ж миті із заглибини задом наперед вихопився юнак у давньоруському одязі. Щоправда, тепер його одяг був геть замазюканий глиною. Ледь вибравшись, юнак заходився гарячково скочувати до заглибини гранітні брили.

— Що ти... ви робите? — гукнув Вітько. — Там же моя печера!

Проте юнак так люто зиркнув у його бік, що Вітькові заціпило.

За кілька хвилин на місці заглибини виросла кам'яна гірка. Воїн витер з обличчя рясний піт і підійшов до Вітька. Зблизька він видавався ще молодшим. Русяве волосся вибилося з-під шолома, зеленкуваті очі допитливо роздивлялися свого полоненого. Металевий шолом був увігнутий у кількох місцях — мабуть, постраждав під час недавньої сутички з нападниками.

Воїн про щось запитав. Спочатку Вітько нічого не зрозумів, хоча більшість слів були йому знайомі. Лише після третього запитання нарешті збагнув, що воїн цікавиться, звідкіля він, Вітько, тут узявся.

— Звідсіля, — пояснив Вітько і кивнув у бік кам'яної гірки.

Воїн промовчав. Схоже, згоджувався з Вітьком. Тоді поцікавився, хто його сюди прислав.

— Ніхто, — відказав Вітько. — Я сам сюди вибрався. Воїн насупився.

— Брешеш, — сказав він.

— Та не брешу, слово честі, не брешу! — вигукнув Вітько. — Я це... печеру розчищав. Щоб у ній можна було вивчати історію рідного краю. Аж тут зі стіни почулися якісь дивні звуки, розумієте? Я копнув лопатою, дивлюся — дірка. Ну, я через неї — і вибрався сюди.

Воїн уважно слухав Вітька. Скидалося на те, що йому теж не все було зрозуміло з мови полоненого. Нарешті помахом руки він зупинив Вітька.

— Все ясно, — сказав він. Точніше, Вітько здогадався, що саме це сказав воїн. — Ти прийшов у країну зі Змієвої нори.

— З якої Змієвої? — щиро здивувався Вітько. — Ніякої Змієвої нори я не знаю.

— Зате знаю я, — відказав воїн. — І бачив. Саме через цю нору, — він кивнув у бік гірки, — я щойно пробрався з нашого у ваш світ. Той Змій так лютував, аж земля здригалася.

— То, мабуть, був вертоліт, — висловив здогад Вітько.

— Це що — так звати твого Змія? — здивувався воїн.

— Та ні... Це вертоліт, та й годі. Ним літають.

Глузлива посмішка промайнула на обличчі воїна.

— Звісно, літають, бо у Змія — ого які крила! А от ти, бачу, чогось не доказуєш. То чи не Змієвим вивідником будеш?

— Я? — вражено запитав Вітько. — Я — вивідник?

— Та вже ж не я. Ну, гаразд, у Римові розберуться. Там одразу дізнаються, хто ти і звідкіля прибув у нашу країну.

Воїн підвівся і заходився ловити низькорослих коненят. Коненята хоркали і не давалися. Врешті воїн упіймав одного і підвів до Вітька. Відв'язав хлопця від дерева й наказав:

— Сідай. Поїдемо до Римова.

І знову прив'язав. Тепер уже до луки сідла. Тоді свиснув на свого сірого коня і той слухняно підбіг до нього.

Їхали без поспіху. Воїн то мугикав про себе якусь жваву пісеньку, то кишкав на лелек, які, ледь не чіпаючи їх крильми, перелітали з одного місця на інше.

Вітько їхав поруч з воїном і мовчав. Лише крутив головою на всі боки. Все, що він бачив, нагадувало йому два майже однакові малюнки з підписом: «Знайдіть, чим один малюнок відрізняється від іншого?»

Зрештою вони під'їхали до вузенької хиткої кладки, що була перекинута через нешироку річечку з мулким дном.

— Ця річка називається Портяна, — несподівано для самого себе сказав Вітько.

Воїн припинив мугикання і зауважив:

— Звісно, Портяна. А ще що ти знаєш?

— А далі буде Іржавиця, — відказав Вітько. — Така ж маленька, як і Портяна. А коли лісом піднятися нагору і повернути праворуч, то буде Воронівка... — І Вітько махнув рукою у той бік, де щойно за вербами сховалася фортеця.

У душі він плекав надію, що після цих слів воїн стане прихильнішим до нього, а затим і взагалі переконається, що він, Вітько Бубна, ніякий не чужинець на цій землі.

Проте воїн глузливо зиркнув на нього. Так, нібито спіймав на якійсь брехні.

— Воронівкою у нас і близько не пахне, — відказав він. — Там — Римів. Бачу, не все ви знаєте у своїй Змієвій країні.

ОЛЕШКО І ДІД ОВСІЙ

З лісу вихопився чималий гурт озброєних вершників. Сонце тисячами люстерок спалахувало на їхніх шоломах. І від того сліпучого полиску, чи, можливо, від кінського тупоту, у повітря знялися зграї качок, що до того мирно плавали на розводдях.

Вершників набагато обігнав міцний білявий хлопчина, майже Вітьків ровесник.

— Живий! — радісно вигукував він. — Живий, Олешку!

I, не втримавшись, з розгону припав до грудей молодого воїна. Той поплескав його по плечу і м'яко відсторонив.

— Та вже ж не мертвий, Лидьку, — відказав він.— А коли не мертвий, то, звісно, що живий. А ви куди оце розігналися?

— Тобі на поміч,— сказав один з вершників, сивовусий, проте все ще кремезний дідуган. На відміну від решти вершників, він був у простій полотняній сорочці і таких самих штанях. — Тут Лидько такого наплів, що думали — все, клямка, не побачимо тебе більше.

Він витер чоло і полегшено зітхнув. Очевидно, хвилювався не менше за Лидька.

— Еге ж, не побачите, — жваво заперечив Олешко. — Ви ще мене, діду Овсію, не раз кляти будете.

— Це ж за що? — здивувався дід.

— А за те, що я у вас ще не одну грушу обтрушу.

Дід Овсій посерйознішав.

— Я тебе потрушу, — погрозив він. — Ноги повисмикую.

Вершники зареготали.

— Ану цитьте, скалозуби! — гримнув на них дід Овсій і знову звернувся до Олешка: — Ти мені краще скажи, навіщо парубків своїх відпустив?

— А що б ви, діду, самі вчинили? Вони ж намучилися, бо, як не є, три ночі не спали. То я їм кажу: їдьте, хлопці, а я того... Там, діду, я малину гарну надибав, та, на жаль, на всіх не вистачало. — Олешко всміхнувся. — Отож пасуся собі, аж глядь — у кущах над самісінькою Сулою щось ніби заворушилося. Не сподобалося те мені. Рушив я було туди, аби розвідати, що й до чого. Аж половці мені назустріч...

Дід Овсій з докором похитав головою.

— Твоє щастя, що Лидько саме вибрався на вежу і все побачив. А то була б тобі малина... А це хто з тобою?

— Ой, діду, ні за що не вгадаєте! Власне, це він мене і вирятував.

— Тебе? — недовірливо перепитав дід Овсій. — Оцей богатир? А де ж його меч?

— Гай, діду, мечем і дурень оборониться! А щоб від однієї твоєї появи половці розбіглися, як миші, — чули про таке? А від нього чкурнули, аж курява за ними здійнялася!

Дід Овсій посмикав себе за сивого вуса. Так, начебто не знав, що на це сказати.

— Брешеш ти все, — нарешті вирішив він.

Такої думки, схоже, були й інші воїни. Вони з недовірливими посмішками зиркали то на довготелесого, одягненого в панцир Олешка, то на його зіщуленого бранця.

— Це я брешу? — Олешко вдав, ніби страшенно обурився. — Ну, то слухайте! Б'юся я з тими половцями і відчуваю, що цього разу буде мені сутужнувато. Аж тут оцей ось, — він підштовхнув Вітька, — визирає з-за куща. Один з половців рвонув було за ним, та за хвилю повертається сам не свій — очі вибалушені, пика перекошена, ніби сів голим гузном на їжака... І так репетує, що моїх воріженьків як вітром здуло... — Олешко примруженими очима обвів своїх товаришів. — Признаюся, від тих слів я теж ледь не чкурнув слідом за ними.

Тепер уже вершники не приховували цікавості.

— А що той половець кричав? — не втримався Лидько, наймолодший з-поміж вершників.

— Змія згадував. Мовляв, Змій на нього напав.

Вершників ніби громом чворохнуло. Дехто навіть злякано озирнувся у бік Сули.

Дід Овсій заходився зосереджено покусувати кінчик свого вуса.

— То де це було, кажеш? — нарешті озвався він. — Часом не біля Змієвої нори?

— Та ж отам і було. От я й вирішив дістатися до того Змія. Підкрався, дивлюся — а в тій норі ще одна діромаха. А за нею — начебто інша нора.

Олешко помовчав.

— Та кажи вже, не муч, — озвався хтось.

— Я ж і кажу. Вірте не вірте, але з тієї нори щось гуркоче так, що аж у вухах зашпигало. Та мене просто так не залякаєш! — Олешко гордовито випростався в сідлі. — Ото спішився я і пробрався в ту нору. А то, виявляється не нора, а лазівка, і куди вона веде — невідомо. Подався я далі, визираю з неї — і що ж ви гадаєте? Опинився я на дні якогось глибокого яру. Стіни майже прямовисні і такі високі, що видно лише смужку неба. І запахи... — Олешко втягнув носом повітря. — Я й не нюхав ще таких... А ревисько все ближчає і наростає... І раптом як вихопиться Зміюка!

— Ой... — не втримався хтось.

— Еге, тобі «ой», а мені як? Голова у нього не голова, хвіст не хвіст. Крила миготять так, що їх і не видно. А що вже товстезний! Як мій Сірко від голови до хвоста, — Олешко поплескав по гриві свого коня. — І довгий, як... як оце ось дерево. А може, ще й довший. Яке в нього наймення? — звернувся він до Вітька.

— Вертоліт, — відказав Вітько. — Тільки він не Змій...

Проте Олешко вже його не слухав, а з запалом вів далі:

— Ну от. Пролетів отой Вертоліт наді мною і щез. Чи то не помітив, чи то не наважився зі мною битися. А я стою собі та й гадаю: бігти за ним, чи ні? Але ж пішим його не наздоженеш, кінь потрібен. Та й часу немає. Мене ж не за Змієм послано ганятися, а на розвідку. Отож я постояв-постояв та й повернувся норою назад...

Кілька хвилин вершники їхали мовчки. Нарешті хтось упівголоса сказав:

— От же ж лихо на наш Римів! То половців чи не щоліта нечиста носить, а тепер ще й Змій оголосився.

Дід Овсій на знак згоди хитнув головою. Тоді вказав на Вітька й запитав:

— А цей хто ж тоді буде?

— Не признається, — відказав Олешко. — Але я його біля Змієвої нори злапав. Він саме визирав звідтіля.

Навколо Вітька миттю утворилася порожнеча. Проте цілу дорогу вістря кількох списів були спрямовані у його бік.

За річечкою Іржавицею дорога роздвоювалася. Та, що наїждженіша, побігла поміж очеретами далі, на Переяслав, а вужча подерлася нагору, до лісу. Вершники поодинці звернули на вужчу.

Стало прохолодніше. Між верховіттями дерев безперестану гасав непосидющий вітер. Зрідка дорога підбігала до урвища, з якого видно було безмежні присульські плавні. Тоді знову пірнала у гущаву ліщинових кущів і ставала така вузька, що, здавалося, і двійко вершників не розминуться..

Ліс був похмурий, глухий і насторожений. Не те, що біля Вітькової Воронівки. Там він був просвітлений, веселий, помережаний багатьма стежинами. І все ж Вітько сподівався, що от-от розійдуться дерева і перед очима постане саме його Воронівка — з цегляними будинками під бляхою й черепицею, з клубом та школою, з олійнею біля узлісся... І йому назустріч вибіжить мама, а Колько Горобчик вибиратиметься з-під велосипеда. Бо ж нічию холошу ланцюжок не хапав так часто, як Горобчикову...

РИМІВСЬКЕ ГОРО ....Е

..........я. У Вітька

Вершники врешті вибралися на Воронівки не
щось ніби обірвалося всередині ....
було. ....них хат, ні школи.
Не було ні рівного ряду ц.............ибирався з-під свого
Не вибігла назустріч мама ..Колько Горобчик.
велосипеда розколошкан............
На знайомих пагорба....улоговинах розкинулося
зовсім інше село. Вон.....було всуціль оточене висо-
ким, майже на люд..ький зріст, тином з масивного
пакілля. За тином.....виднілися дахи приземкуватих

будівель. На лузі перед загорожею паслися корови. Одне теля наблизилося до вершників і замукало. Мабуть, намагалося щось розповісти.

Віддалік промчав табун коней.

Вершники проминули ворота і без поспіху рушили уздовж майже безлюдної вулиці. Кожне обійстя нагадувало невелику фортецю. Біля того місця, де мала бути його хата, Вітько мимоволі притримав ...чя. Олешко підозріло поглянув на нього й поклав ...оню на руків'я меча.

...ом зупинився? — запитав він. — Щось виві-

...що? — подав голос один із вершників. — вон...ивідує, хіба не бачиш?

— А...і чомусь зареготали. А Олешко почер-
хлопця...е, розлютився.

— Я тут...римуй! — гарикнув він і підштовхнув

Навколо...сказав Вітько.
збирався ще...мовчанка. Навіть Олешко, що
ротом....додати, застиг з роззявленим

— Га? — нарешті ...наш?...ся хтось. — То він, виходить,

— А й справді, у Ми...
сказав дід Овсій. — Мир...ки колись був хлопець, —
Він наблизився до Вітьк...його звали...
з голови до ніг. Стенув плеч...уважно оглянув його
— Ніби схожий на Мирка, — ...арешті сказав він. —
А втім...

— У Городищі розберемося, — буркнув Олешко. Червона барва все ще не зійшла з його обличчя. — Віддамо дядькові Ількові, а вже він нехай сам вирішує, що до чого.

Римівське Городище не йшло ні в яке порівняння з воронівським. Перед Вітьковими очима постало не зарасле бур'янами кладовище, а справжня фортеця. Глиняні вали вивищували і без того круті схили. З них густо стирчали загострені паколи. Важка брама виблискувала до сонця металевими смугами.

З трьох боків фортецю оточували плавні. З четвертого боку, від Римова, Городище відмежовувалося широким ставком з мулкими берегами. У найвужчому місці через ставок була перекинута гатка.

Копита процокали по товстих дошках. Через підйомний міст вершники вервечкою в'їхали до фортеці і опинилися посеред просторого дворища. З усіх боків до нього підступали приземкуваті будівлі з колод, криті дерном. Ближче до урвища здіймалася на чотирьох стовпах вежа. Неподалік від вежі стирчала величезна, майже у два людських зрости, гранітна брила.

На дворищі було десятків зо п'ять воїнів — широкоплечих, довговусих здорованів з довгими чубами на голених головах. Хто змагався у двобої на мечах, хто лагодив зброю.

Гурт воїнів розташувався у холодку під гранітною брилою. Звідтіля раз-по-раз долинав гучний регіт. У кутку дворища булькали над полум'ям два величезні казани. Пахло пшоняною кашею і свинячими шкварками.

— Олешко з'явився! — гукнув хтось від брами.

Воїни заусміхалися, дехто вітально підняв руку, — видно, Олешка тут любили.

Лише один воїн, здається, не звернув на прибульців ніякої уваги. Це був справжній велетень. Навіть найвищі воїни порівняно з ним мали вигляд хирлявих хлопчаків. Йому було років з тридцять чи й трохи більше.

Велетень годував гнідого коня, такого ж масивного, як і сам. Кінь задоволено розмахував хвостом і час від часу вдячно хоркав.

— Їж, Гнідку, — голос у велетня був глибокий, наче долинав з колодязя. — Їж, друже, поки є що...

— Боже помагай, дядьку Ільку! — привітався Олешко і зіскочив зі свого коня. — Ви, здається, кудись зібралися, еге ж?

Велет сповільна повернув до нього суворе засмагле обличчя. Якусь хвилину мовчав.

— Та спочатку ніби збирався, — сказав нарешті. — А як почув, що оті полинці наскочили на тебе, то роздумав.

Олешко посміхнувся. Вітько лише зараз зауважив, що, на одміну від дорослих дружинників, Олешко був стрижений «під макітру», як казали у Вітьковій Воронівці, а замість довгого вуса носив невеличкі чорні вусики.

— Гадали, що сам упораюся? — сказав він. — І добре зробили.

— Та ні. Подумав, що, мабуть, тими полинцями і близько не пахне.

— Дядько Ілько спочатку їхали з усіма, — прошепотів один з хлопчаків, що протиснувся ближче до Олешка. — Свого Гнідого навіть галопом гнали. А коли уздріли з узлісся, що з тобою все гаразд, то плюнули спересердя та й повернули назад.

Олешко скрушно похитав головою.

— Ет, дядьку Ільку, дядьку Ільку, — сказав він. — Багато ви втратили. Там, знаєте...

Нагодувавши коня, дядько Ілько з торбиною в руці підійшов до прибульців.

— Що там, не знаю. Знаю лиш те, що по тобі добряча ломака плаче.

Олешко вдав, ніби дуже здивувався.

— Це чому ж? — запитав він.

— Чом своїх хлопців відпустив, а сам залишився? Забув, навіщо тебе було послано?

— Стривайте, дядьку Ільку... Я й не думав спочатку їх відпускати. Ви ж знаєте, з якою вісткою ми поверталися.

Строге обличчя дядька Ілька ще більше посуворішало.

— Та вже знаю...

— Ну от. А ще за Ворсклою мені здалося, ніби нас вистежили. Ну, не зовсім вистежили, а так... ніби хтось разом з нами до Римова пробирається. А були ж, видать, не з хоробрих, остерігалися на п'ятьох нападати. Тож я хлопців і відпустив. Нехай, думаю, донесуть, що саме ми розвідали, а я тим часом поцікавлюся, хто то крадеться. Мо', посмілившають, угледівши, що я сам.

— Охо-хо! — прогудів на те дядько Ілько. — Бити б тебе, кажу, та нікому.

— Та я й сам так гадаю, — охоче пристав на таку думку Олешко. — Добре, що нікому. А тут ще й Змієм запахло.

Дядько Ілько підозріло глипнув на Олешка.

— Що ти верзеш? Яким ще Змієм?

— А таким...

Олешко повторив те, що Вітько вже чув. І про Змія-вертольота згадав, і про те, що сутужнувато йому довелося б, якби не раптовий переляк половців.

Під час Олешкової розповіді дядько Ілько час від часу уважно позирав у бік Вітька. Точнісінько так, як дід Овсій. Коли Олешко врешті замовк, велет у задумі прогудів:

— То, по-твоєму, виходить, що ця дитина тебе врятувала?

Олешко стенув широкими плечима.

— Та воно таки так. Але...

— Маєш сумнів?

— Звісно, маю. Бо ж невідомо, що краще: половецький вивідник чи Зміїв...

— Обоє рябоє, — підтвердив дід Овсій.

Дядько Ілько хитнув головою. Тоді повернувся до Вітька.

— Пощо мовчиш?

Вітько й справді як води в рота набрав. Що він мав сказати? Олешко й так про все вже розповів.

— Та воно ж мале, — нараз подав голос сивовусий воїн зі шрамом через все обличчя. — Воно ж ледь на ногах тримається, сердешне.

— Еге ж, — підтримав його інший, голомозий. — Та й який з малого вивідник? Де ви таке бачили?

— І мови нашої, мабуть, не знає...

— Ні, мову він знає, — заперечив Олешко. — І розмовляє теж. Хоч і химерно якось, проте зрозуміти можна. А ще каже, начебто жив отам, де зараз тітка Миланка.

— Дивно... — прогудів велет. — А ви, дядьку, що про це все скажете? — звернувся він до діда Овсія.

— Розібратися треба, — гмукнув той і підкрутив кінчик вуса. — Хоч би як там було, але ж злапали його саме біля Змієвої нори.

— У тому то й справа, — згодився дядько Ілько. — Але як ти з ним розберешся? Був би він дорослий — тоді інша справа...

— Отож бо й воно, — сказав той, у кого шрам ішов через усе обличчя. — Ми ж не половці, аби дітлашню мучити. І не Змії кровожерні.

Тієї миті від брами долинув веселий голос вартового:

— Тікайте, хто в Бога віруе! Тітка Миланка біжить!

За хвилю у брамі з'явилася висока простоволоса жінка. В руках вона тримала щось схоже на сапу.

— Ого! — стиха мовив хтось із дружинників. — І справді, треба розбігатися.

— Де він? — ще здалеку загукала тітка Миланка. — Де мій Мирко?

— Який Мирко? — загомоніли воїни, що надійшли пізніше.

Тітка Миланка пройшла крізь них, мов ніж крізь масло. Перед Вітьком зупинилася. Довго вдивлялася в нього і раптом впала на коліна.

— Це він, — тихо сказала вона. — Синку, знайшовся!

— Зачекай, сестро, — зупинив її дядько Ілько, — тут, знаєш, треба розібратися...

— То й розбирайтеся, — відрізала на те тітка Миланка. — А ми додому підемо. Підемо, ладо моє?

— Зачекай, кажу, — вивищив голос дядько Ілько. — Тут, кажу, багато темного...

— То свічку засвіти, коли темно... А Мирко мій п'ять літ удома не був. Відійди, чуєш?! — гримнула вона на воїна, що заступив їй дорогу.

Того наче вітром здмухнуло.

— Ну й сестра в тебе, — з шанобливим побоюванням у голосі сказав він дядькові Ількові, коли тітка Миланка з Вітьком щезли за брамою.

— І не кажи, — важко зітхнув дядько Ілько.

У ТІТКИ МИЛАНКИ

Як і скрізь у Римові, дворище тітки Миланки було огороджене тином із загострених паколів. З повітки тягло затишним коров'ячим духом. Біля криниці білий гусак щось гарячково джеркотів здоровецькому кудлатому псові. Мабуть, доводив, що той у чомусь не має рації. А той і справді був неправий: хлебтав якесь місиво з черепка і ділитися з гусаком не мав жодного наміру.

До сусіднього дворища вів перелаз, за яким височіли дві розлогі черешні, густо всіяні великими бурштиновими ягодами.

— Росанко, чуєш? — ще з дороги загукала тітка Миланка. — Брат твій, Мирко, знайшовся!

З хати притьмом вибігла ставна дівчина років шістнадцяти. На якусь мить вона завмерла, вдивляючись у прибульця, тоді кинулася до нього і стисла в обіймах так, що тому аж кісточки затріщали.

— Братку! — вигукнула вона. — Мирку!

— Ой... — тільки й спромігся відказати на те Вітько.

А тітку Миланку з радощів, видно, ноги не тримали. Вона важко опустилася на лавицю під грушею і притягла Вітька до себе.

— Розповідай же, синку, де ти був усі ці літа, — попрохала вона, жадібно вдивляючись у Вітькове обличчя. — Леле, як змінився! А я саме біля городини поралася. Аж бачу, шкутильгає до мене крива Дарка й гукає щось. Мовляв, ти тут длубаєшся, а в Римові таке діється! Повернувся Олешко зі своїми дружинниками і з ними хлопець якийсь... — тітка Миланка витерла кінчиком фартуха щасливі очі. — А той хлопець зупинився біля вашого дворища та й каже: тут я жив... Було таке, синку?

— Було, — згодився Вітько.

— Я й побігла, — вела далі тітка Миланка.— Біжу, а серце ледь з грудей не вистрибує... Недаремно бігла...

І знову Вітько ледь не задихнувся. Тепер уже від тітчиних обіймів.

— Та дай же, мамцю, і мені на нього подивитися, — наполягала Росанка. Вона натисла Вітькові на кінчик носа і засміялася. — Кирпатий. Як у всіх з нашого роду...

Хоча, по правді, у самої Росанки ніс був не такий вже й кирпатий. Так, задерикуватий трохи.

— Еге ж, — підтримала доньку тітка Миланка. — Таки кирпатий. І очі такі ж, як у батька...

Вітько слухав і не знав, що йому відповісти на те. Його приймали за когось іншого. За Мирка. І, мабуть, той Мирко так був схожий на нього, що навіть мати не могла розрізнити, де її син, а де просто він — Вітько Бубненко.

— А чуб у нього ніби не такий, — раптом зауважила Росанка. — Мирко швидше русявий був. Та й обличчя ніби трохи кругліше...

— Таке скажеш! — відмахнулася від її слів тітка Миланка. — Стільки літ минуло, хіба запам'ятаєш?

— Кругліше, — наполягала на своєму Росанка. — І в Мирка на підборідді ямка була.

— А й справді...

Щаслива посмішка повільно зіслизнула з обличчя тітки Миланки. Тепер тітка вдивлялася у Вітька майже з острахом.

— Ану, покажи плече, — раптом зажадала вона.

Вітько розстібнув ґудзика, відтяг комір сорочки. Тітчині очі взялися пеленою.

— Немає... — прошепотіла вона. — Плямки немає. Маленька така була, як зірочка...

Вона закрила обличчя жорсткими, порепаними долонями. Тоді, похитуючись, рушила до хати.

— Що ж це ти... — докірливо прошепотіла Росан-

ка. — Сказав би одразу, що ти не Мирко. А то...
Мамця тепер цілу ніч проплачуть.

— Я ж не винен, — почав виправдовуватися Вітько. — Я ж хотів сказати, та мене ніхто не слухав...

— То хто ж ти насправді?

І тоді Вітько розповів Росанці усе. Про Воронівку і своїх однокласників. Про печеру в Чортовому Яру. Про те, як на нього накинувся половець. І про свою воронівську хату, яка стоїть точнісінько на тому місці, де зараз дворище тітки Миланки...

Багато про що ще розповів Вітько. А заодно довідався, що нині у Римові 1097 рік, а в Переяславі князює Володимир Мономах. Отже, його якимось дивом занесло у часі більше, ніж на дев'ятсот років.

Спочатку Росанка слухала недовірливо. Дивилася на Вітька так, начебто він розповідав надзвичайно цікаву казку. Зрештою її обличчя почало яснішати. Нараз вона рішуче підвелася і запитала:

— То знаєш, хто ти є?

— Знаю, — відказав Вітько. — Вітько Бубненко.

— Ні, ти не тільки Вітько! — вигукнула Росанка. Тоді чмокнула його в щоку і прожогом кинулася до хати.

Вітько сидів на грубій лавиці і не знав, як йому бути далі. Зараз тітка Миланка з Росанкою, мабуть, радяться, що їм робити з ним, Вітьком. А потім вийдуть з хати і відведуть його до Городища. А там знову почнуть допитуватися, хто він і звідкіля. І, чого доброго, вирішать, що він і справді-таки Зміїв вивідник.

То, може, нишком підвестися і чкурнути до Сули? А там через Змієву, чи як там її звати, нору пробратися у свій час.

Атож, мабуть, так буде найкраще...

І все ж Вітько цього не зробив. Правду кажучи, він навіть боявся поворухнутися, бо здоровенний, схожий на вовка кудлань уже давно перестав вилизувати черепок і тепер сидів навпроти хлопця. Стежив за кожним його рухом. Тож невідомо, що він вчинить, коли Вітько рушить до воріт.

Нарешті в сінях почулися кроки і на порозі з'явилася тітка Миланка. Очі в неї були заплакані. З-за материнського плеча визирало обличчя Росанки. Але, на відміну від материного, воно було чомусь усміхнене.

— Це правда? — запитала тітка Миланка.

— Що? — не зрозумів Вітько.

— Росанка твердить, ніби ти нашого кореня. Це правда?

— Ну звідкіля йому про це знати, мамцю? — озвалася Росанка. — Проте самі подумайте: він живе на нашій землі, так? І розмовляє по-нашому. І місце своєї хати упізнав. То чи не може бути так, що він наш далекий-далекий родич? Бачиш — у нього й очі такі, як у Мирка. І ніс.

Тітка Миланка кволо всміхнулася.

— А обличчя кругліше, — нагадала вона.

— Ну то й що? — вперто обстоювала своє Росанка. — Хіба я точнісінько така, як і ви? Але кожен скаже, що я схожа на вас.

— Ну гаразд, гаразд, — згодилася врешті тітка Миланка і погладила Вітька по голові. — Шкода, що ти не Мирко. Мабуть, я вже ніколи його...

— Мамцю! — зупинила її Росанка.

— Постривай... — тітка Миланка витерла очі і повела далі: — Так, не Миронко ти нам. Проте й не чужий. Тож будеш за Миронка. Станеш мені сином, коли вже так склалося. А Росанці — братом.

— Мирком, — підказала Росанка.

Отак і став Вітько Мирком. Отак і почав жити у Римові.

А що йому лишалося робити?

БЛИСКАВКИ В ГОЛОВІ

Надвечір Вітько, викупаний у якихось запашних водах, сидів за столом під грушкою—дичкою. На ньому була чиста полотняна сорочка і такі самі штани, що їх тітка Миланка роздобула невідомо де. Росанка метушилася біля курника — заганяла до нього квочок з курчатами. Тітка Миланка клопоталася над вогнищем і час від часу балакала сама до себе. В горнятках над вогнищем щось булькало і звабно пахло, проте Вітько вже й дивитися в той бік не міг. Він лише тяжко відпирхувався.

Сонце стало хилитися до лісу, коли з вулиці долетів важкий стукіт копит. Затим за воротами прогримкотів голос дядька Ілька:

— Приймаєш гостей, сестро? Бо ми з Олешком оце їдемо собі та й гадаємо: де б його повечеряти?

Не чекаючи відповіді, велет важко зістрибнув з коня і заходився прив'язувати його до перелазу. Те ж саме зробив Олешко.

Тітка Миланка взялася руками в боки і вкрадливим голосом почала:

— Заходьте, заходьте...

Щось у тому голосі не сподобалося велетові. Він перестав прив'язувати коня і підозріло зиркнув на сестру.

— Чого це ти така лагідна?

— А того, що зараз побачите, як кривдити малого. А ти взагалі не підходь! — напосілася тітка Миланка на Олешка.

— Ну, за віщо ж ви так на мене... — зніяковів Олешко. — Я ж вам, можна сказати, сина знайшов, а ви...

— Знайшов, кажеш? А оце що?

Дужа тітчина рука, мов пір'їну, підняла Вітька з лавиці. Інша її рука закотила йому сорочку на голову.

— То що це, питаю тебе? Бач, живого місця не залишив на бідній дитині!

— Та що там, справді... Два синячки — та й то невідомо звідки. Ви краще гляньте, що він мені зробив!

Олешко закасав рукав червоної своєї сорочки і показав лікоть, на якому відбилося принаймні з двадцять Вітькових зубів. Вітько аж рота роззявив від подиву. Авжеж, він тоді таки й справді уп'явся у щось зубами. Але щоб отак!

— Молодець, Мирку, — похвалила його Росанка,

Від Росанчиного голосу Олешко, здається, знітився більше, ніж від гнівних слів тітки Миланки. Він втупився очима в землю, ніби угледів там щось надзвичайно цікаве. Проте крім жучка-гнойовика, що котив перед собою темну кульку, нічого цікавого не було.

— То я те... — промимрив Олешко. — Я, мабуть, поїду далі.

— Та заходьте вже, коли стали під ворітьми, — врешті змилостивилася господиня. — Росанко, накривай стіл!

Скидалося на те, що гостей принаймні з тиждень морили голодом. Над густо заставленим столом мовби ураган прошумів. Кудлатий пес Бровко ледве встигав підхоплювати кісточки.

Допоміг гостям і дід Овсій. Виявляється, він сусідив з тіткою Миланкою і то його черешні рясніли за перелазом.

Що менше залишалося наїдків на столі, то лагіднішою ставала тітка Миланка.

— Їж, братку, — підсовувала вона дядькові Ількові усе нові страви, не обходячи й інших гостей. — Їж, це тобі не в Переяславі. Поки що, Богу дякувати, нам є чим пригостити, дарма, що лишилися удвох з Росанкою. А тобі, синку, ще медку? — звернулася вона до Вітька.

— М-мм... — тільки й спромігся на те Вітько.

— Бери, бери, — підштовхнув його коліном Олешко, котрий сидів поруч. — Коли що, мені підсунеш. Я не відмовлюся.

До нього знову повернувся гарний настрій.

Нарешті дядько Ілько відсунувся від столу і віддихнув так, що вогнище ледь не погасло.

— Дай тобі, Боже, здоров'я, сестро, — розчулено прогримкотів він. — А то, розумієш, наш злидень кашовар і сьогодні спалив кашу.

— За Бога не сховаєшся, — відказала на те тітка Миланка. — Треба наріжні колоди замінити новими. Бач, як потрухли?

— Замінимо, — пообіцяв дядько Ілько. — Коли, звісно, полинець раніше не наскочить.

— Який полинець? — запитав Вітько. Він, здається, вже чув це слово, проте не знав, що воно означає.

— То дядько так половця називають, — пояснила Росанка. — Кажуть, що розвелося їх нині, як того полину. Топчеш його, топчеш — а він все одно відростає.

Дядько Ілько ще раз зітхнув і перевів погляд на Вітька.

— А ти, парубче, що збираєшся робити?

Тітка Миланка одразу нагороїжилася.

— А це вже тебе не стосується, — сказала вона.

— Та я, сестро, що... — примирливо прогудів велет. — Я ж нічого. Якщо хочеш, то можеш тримати

його коло своєї спідниці. А от коли полинець чи ще
якийсь біс наскочить — тоді що? Я відбиватимусь,
ти відбиватимешся, а він? Чи вміє він хоч того меча
в руках тримати? Умієш? — це запитання стосува-
лося вже Вітька.

Вітько промовчав. Лише винувато шморгнув
носом.

Тітка Миланка, здається, теж не знала, що відпо-
вісти.

— От бачите, — похитав головою дядько Ілько. —
А жити... Звісно, нехай живе при тобі. Рідна хата
ще нікому не завадила. Але ж не вічно йому хова-
тися за твоєю спиною, сестро.

Тітка Миланка лише зітхнула і скоса зиркнула на
Вітька, мовби чекала, що скаже він. Проте Вітько
мовчав, як і раніше. Він почувався незручно під
важким, насмішкуватим поглядом велета.

— Я ось що хочу сказати, — подав голос Олешко,
зиркаючи то на тітку Миланку, то на її могутнього
брата, то на діда Овсія. Лише Росанку він старанно
обминав поглядом. — Я ось про що... Ви, мабуть,
уже знаєте, що Мирко мені сьогодні добряче поміг?

— Поміг! — насмішкувато пирхнув у бороду дід
Овсій. — Сказав би краще, що це мале тобі життя
врятувало!

— Нехай буде й так, — охоче згодився Олешко. —
Бо якби не він, довелося б мені сутужно. Так що я
в боргу перед Мирком. Тож хочу сказати, що беру
його під свою руку. Гай-гай, славним воєм стане
Мирко! І в сідлі буде триматися так, як личить

справжньому комонникові. Бо я помітив, що він навіть уявлення не має, що таке справжнє сідло. І в двобої не поступиться нікому... Добрячого мужа я з нього зроблю!

Олешко по-дружньому поплескав хлопця по плечу. І лише тоді зважився поглянути на Росанку.

Тітка Миланка знехотя посміхнулася.

— Розспівався, — сказала вона. — Ну чисто тобі переяславський піп!

— Молодий він ще для попа, — поблажливо пробухикав дядько Ілько. — Він ще, вважай, попович.

— Попович, — чмихнула смішлива Росанка. — Олешко Попович!

Олешко став як варений рак. Поволі підвівся з-за столу.

— Ти, Росанко, даремно так...

— Та сядь, — примирливо сказав дядько Ілько й Олешкове плече осіло під вагою велетової руки. — Подумаєш, Попович. Ну, то й що тут такого? Поповичі теж не з гірших людей.

Проте Росанка не переставала пирхати. Схоже, їй приємно було бачити Олешка таким розгубленим.

«О! А що, коли Олешко і є той славнозвісний богатир Альоша Попович? — блискавкою майнув у Вітьковій голові здогад. — І я оце сиджу поруч з ним... Ет, розказати про це хлопцям — померли б од заздрощів...»

Нараз з вулиці долинув стукіт копит. Біля воріт стукіт припинився і дзвінкий молодий голос запитав:

— Тітко Миланко, Муровець у вас?

— А що ти хтів? — замість тітки відгукнувся дядько Ілько.

— Та ви ж самі казали, коли щось трапиться — бігти по вас.

Дядько Ілько рвучко підвівся з-за столу.

— А що там таке? — запитав він. — Полинці з'явилися?

— Та ні, ми просто так. Щоб ви не непокоїлися.

Невидимі за кущами глоду вершники зареготали і пустили коней в галоп. Муровець погрозив їм навздогін величезним, мов кавун, кулаком і знову усівся за стіл.

— Харцизяки бісові, — пробубонів він. — Їм аби зуби шкірити.

І знову начебто блискавка шугонула у Вітьковій голові. Здавалося, що сьогодні не голова була в нього, а весняне грозове небо, у якому так і ширяють вогненні змії.

— То ви... — затинаючись від хвилювання, почав він, — то ви і є отой Ілля Муромець?

— Та ні, я радше Муровець, — посміхнувся у густі вуса дядько Ілько. — І дідо мій був Муровцем, і тато. Вони мури зводили...

— А ви до тридцяти трьох років сиділи на печі, — підказав Вітько. — У вас ноги боліли, чи не так?

— Та ні, хлопче, я зовсім не з тієї причини сидів, що ноги боліли. Бачиш, мій батько був ще й знакомитий пічник. Ото, було, зведе піч, а тоді й каже: «Ану, Ільку, лізь туди та погуцикай добре!». То я й ліз. Гуцикав так би мовити. Я ж бо, бач, який важкий, — він вибачливо оглянув своє могутнє тіло. — І якщо піч витримувала, то батько допіру аж тоді брав од хазяїв плату за роботу.

— А якщо не витримувала?

— Такого, Богу дякувати, не траплялося, — відказав Муровець. — А оце вже сім літ, як князь переяславський узяв мене до раті. Тож тепер мене Муромцем іноді кличуть — свого часу довелося добряче помахати мечем аж під Муромом...

— Домахався, — гірко зауважила на те тітка Миланка. — Доки ти там розмахував мечем, половці забили тата з мамою.

За столом запала мовчанка.

— Ну що ти, сестро, — винувато прогримкотів Ілля Муровець. — Сама ж знаєш, що не зі своєї волі їздив я в таку далеч. Усе в руці княжій...

А Вітькові надовго відібрало мову. Оце так! Ще сьогодні зранку він був звичайнісінький воронівський школяр — а під вечір став родичем самого Іллі Муровця, славетного богатиря, рівного якому не було і, мабуть, уже ніколи й не буде!

А хто ж тоді його нова мати, оця тітка Миланка, коли такі славетні люди, як Ілля Муровець і Олешко Попович сидять перед нею, як двієчники перед грізною вчителькою?

Р А Н О К   У   Р И М О В І

Вітько прокинувся ще й не сіріло.

Він лежав із заплющеними очима і чекав тієї миті, коли загуркоче мотор. То сусіда осідлає свого мотоцикла і гайне на роботу. А тоді можна буде ще трохи поспати, аж доки мама проведе пір'їнкою попід його носом і скаже: «Вставай, сонько».

Проте сусіда чомусь не поспішав. А от півні — ті горланили так, як ніколи досі. Неподалік, за стіною, лагідно мукнула корова. Потім озвалося телятко.

Вітько від здивування розплющив очі: цього літа телятка у них не було.

І лише тепер до нього дійшло, що він не у себе вдома. Якимось дивом його занесло в інший час. І вже не підійде до нього мама, не полоскоче пір'їнкою біля носа. І соньком не назве... Бо матері тут, у цьому часі, немає. А є тітка Миланка і Росанка. Є Ілля Муровець і Олешко Попович...

А мами немає. І зараз, напевно, сидить вона у своєму двадцять першому столітті і побивається за ним, Вітьком. А він оце розніжився у чужій постелі. Замість того, щоб прокрастися до Змієвої нори і через неї перебратися назад у свою Воронівку...

Вітько мерщій одягнувся і вийшов надвір.

Навколо клубочився густий і білий, наче молоко, туман. І в тому тумані плавав голос тітки Миланки. Вона вмовляла корову не махати хвостом. Весело розсміялася з чогось Росанка. А з того боку, де мала бути хата діда Овсія, долітало кахикання і невдоволене буркотіння:

— Піймаю — ноги повисмикую, — погрожував комусь він. — От же ж песиголовці!

— Чого це ви, діду, ні світ ні зоря лаєтесь? — запитала невидима тітка Миланка.

— Еге ж, тут хіба не полаєшся, — сердито відказав дід. — По городу когось носило, от що! Ноги б йому повикручувало.

— А як ви побачили в такому тумані?

— Та не побачив я! Лобом тріснувся об вишневу гілку. Була ж вона на лікоть вище. А тепер помацав — її хтось відчахнув. Ну нічого, попадеться мені той тать — до віку пам'ятатиме!

— Доню, тут нікого не було? — звернулася тітка Миланка до Росанки. — Ти нічого не чула?

— Та Олешко чомусь тинявся, — відказала Росанка. — Попович. — І вона знову розсміялася. — Казав, як гарно йому живеться в Переяславі при князеві Мономахові. То й жив би там... А більше нікого не було.

— Невже це його робота? — все не міг заспокоїтися дід Овсій. — То передай йому: коли піймаю, не подивлюся, що таке здоровило.

— Та ні. Він до ваших черешень ніби не підходив.

— Ніби, — передражнив дід. — А ти бачила?

— От іще! — обурилася Росанка. — Робити мені більше нічого!

Тим часом туман потроху спадав. І вже видно було дерева та очеретяні стріхи над хатами. З того боку, де мало сходити сонце, повіяло теплим вітром.

Щось м'яко тицьнуло Вітька під коліно. Він зиркнув униз і ледь не злетів у повітря: Бровко! Проте у пса гарний настрій. Він приязно позирнув на Вітька і голосно, з підвиванням, позіхнув.

З туману випірнула тітка Миланка. Вона несла глибокого глечика, по вінця наповненого молоком.

— Поспав би ти, синку, ще трішки, — сказала вона. — Чи, може, молочка захотілося?

Вітько не відмовився. Він з насолодою сьорбав з полив'яного кухлика тепле шумливе молоко. Воно було чудове, а от шматок коржа, який відламала йому тітка Миланка, виявився трішечки гіркуватий. Проте нічого, з таким молоком усе можна їсти. Та й недовго Вітько збирається їсти ті коржі! Йому дістатися б тільки до Змієвої нори. А за нею на Вітька чекають пухкі паляниці...

Але як йому непомітно вибратися з Римова? Бо, здається, тітка Миланка просто так його звідсіля не відпустить.

З повітки вийшла руда корова. За нею пустотливо дріботіло таке ж руде телятко. Корова повагом рушила до воріт, а телятко задрало хвоста і чимдуж рвонуло по дворищу. Біля Вітька воно зупинилося і тицьнулося м'яким писочком у долоню — просило чогось смачного. Вітько розділив залишки коржа надвоє, одну половину вмочив у молоко і віддав теляткові. Інша половина дісталася Бровкові. Телятко вдячно заметляло хвостиком. Бровко ж вирішив, що такі телячі ніжності йому не пасують. Він лише глянув на Вітька, і в тому погляді Вітько прочитав: «Непоганий ти хлопець, Мирку, чи як там тебе. Мабуть, з тобою варто мати справу... »

— О, то ви вже познайомилися? — посміхнулася Росанка і легенько ляснула телятко долонею. — Може, поженемо разом до череди?

Вітько довго не роздумував. Кращої нагоди, аби непомітно вибратися з Римова, все одно не було.

Вулицею густою вервечкою тяглися вівці й корови з телятами. Поміж них весело перегукувалися погоничі. До Росанки одразу ж підбігло дівча років десяти. І заторохтіло про те, яка ж то вреднюща у них корова Манька.

— Маму слухається, а мене не хоче, — скаржилося дівчатко, а саме так і стріляло у Вітьків бік жвавими оченятами. — Мамі дає повну дійницю молока, а мене хвиськає хвостом. Перекидає дійницю і стрибає в шкоду...

Корова Манька йшла попереду і бадьоро стріпувала головою. Вочевидь міркувала, як би їй швидше вскочити в шкоду.

Уздовж воріт знудьговано накульгував на милиці лисий дідуган. Він висмикнув голоблю з провушин і череда бігцем подалася на луки, де на неї вже чекало трійко кінних пастухів.

За ворітьми дороги розходилися. Одна бігла луками все далі й далі, інша завертала до лісу. Вреднюща корова Манька обрала третю — рвонула під огорожею. Дівчатко з криком подалося за нею, Росанка кинулася їй на допомогу, а Вітько, недовго думаючи, звернув до лісу.

Спочатку він ішов повільно, начебто прогулювався. І постійно відчував на собі пильний погляд кульгавого діда. Лише тоді, коли воронівські ворота сховалися за високими шипшиновими кущами, Вітько перейшов на галоп.

НЕВДАЛА ВТЕЧА

Спочатку біглося легко. По рівнині, затим під гору. Стрибок через рівчак, ще один стрибок... А тепер стало трохи важче — дорога круто подалася нагору.

Вітько згадав, що до Змієвої нори дістатися не так вже й складно. Кілометрів зо три поміж болотами та лісом, затим звернути в перешийок між плавнями. А там і до Сули рукою подати...

Вітько біг і радо посміхався — незабаром він побачить свою, воронівську домівку. І Кольку Горобчика побачить, і Ваньку Федоренка, якому, мабуть, вже підлікували зуба. А може, й Костянтин Петрович з Ганнусею приїхали. Ото буде про що їм розповісти! Бо ніхто з них не бачив живого Іллю Муровця. І Олешка Поповича теж ніхто не бачив. Ото будуть заздрити!

Бо хіба ж вони знають, звідкіля Ілля Муровець родом? А він, Вітько Бубненко, знає. З Моровійська дядько Ілько родом. Отам, де півень співає одразу на три землі: на Переяславську, Київську і Чернігівську. Згодом батько Іллі Муровця перебрався до Римова, де зводив новий мур довкола Городища. Ілля Муровець йому допомагав, аж доки його забрав до себе на службу переяславський князь Володимир Мономах. У Іллі Муровця троє дітей: Ждана, Любава і Микулко. Микулці, як і Вітькові, виповнилося дванадцять. Позаминулого літа Володимир Мономах послав Іллю Муровця оберігати присульські землі від половецьких набігів. І за той час він тільки те й робив, що бився з ними. І постійно перемагав.

А от Олешко Попович, здається, не з Римова. Він з якогось іншого місця. Проте, мабуть, хоче залишитися у Римові. Бо кожному видно, що Олешко по вуха закохався у Росанку. Ет, а ще богатир!

Зненацька Вітько завмер на місці. Метрів за десять од нього дорогу переходив лось. Здоровецький рогатий звір скоса зиркнув на скам'янілого хлопця, мов на якусь комаху, і нечутно розтанув у верболозі, що збігав до болота.

Сталося це так несподівано, що Вітько навіть

очима покліпав: чи це, бува, йому не привиділось. Проте на дорозі відбилися глибокі сліди, в яких уже почала проступати вода.

Тепер Вітько просувався набагато повільніше. І всілякі зайві думки вилетіли йому з голови. Він дослухався до кожного шурхоту. Бо хто ж його зна: а раптом лось або яка інша звірота перетне дорогу не *перед* ним чи *за* ним, а вийде просто на нього!

А ще за хвилину Вітько ладен уже був пожалкувати, що зважився на таку небезпечну мандрівку. Від невидимого за кущами болота долинув пронизливий поросячий вереск і тієї ж миті через дорогу перестрибнув великий кудлатий вовк. На його спині, наче живий комір, борсалося смугасте порося. А ще за хвилину на дорозі з'явився нагороїжений кабан з довжелезними, наче шаблюки, іклами. Зиркнув туди, глипнув сюди — і кинувся прямісінько на Вітька. Не інакше, як вирішив, що саме Вітько розправився з його синочком.

Вітько й незчувся, як опинився на дереві. Там він осідлав розлогу гілляку і з жахом спостерігав, що витворяв унизу розлютований кабан. Спочатку той знавісніло топтав те місце, де щойно стояв Вітько. А тоді з такою силою шпортнув іклами дерево, на якому сидів утікач, що ледве спромігся витягти їх назад. Потому кабан уліг край дороги і почав стежити за Вітьком. Мабуть, вирішив дочекатися, коли той знесиліє.

Скільки минуло часу, Вітько не пам'ятав. Та, на його щастя, першим не витримав кабан. Він підвівся, погрозливо рохнув на Вітькове дерево і потрюхикав униз, до болота, звідкіля доносилося вже мирне поросяче кувікання.

Тепер Вітько прокрадався украй обережно. Кулею перебігав від однієї гілки, що зависала низько над дорогою, до іншої. А там знову завмирав, прислухаючись до щонайменшого шурхоту. І двічі трохи не злітав на дерево — спочатку від їжака, що зашурхотів листям, а згодом від якоїсь сірої птахи, що випурхнула з-під його ніг.

Отак, від дерева до дерева, Вітько і дістався узлісся. Попереду уже почало світлішати у проміжку між гіллячням. Ще трохи — і перед його очима засиніла вузька смужечка Іржавиці. А там уже Портяна близько, а за нею й до Сули рукою дістати...

Зненацька одна за одною гойднулися гілки крайнього дерева на узліссі і по стовбуру ковзнув униз чоловік. Він був простоволосий і без кольчуги, проте на поясі у нього висів меч, а через плече — лук і сагайдак зі стрілами.

— А куди це ти, отроче, зібрався? — поцікавився чоловік. Здається, Вітько вже бачив його серед дружинників Іллі Муровця. — Е, та ти, часом, не Олешків бранець?

— Я... я купатися... — вичавив із себе Вітько.

— Ні, парубче, сюдою купатися не бігають, — посміхнувся воїн, хоча його насторожені очі пронизували хлопця наскрізь. — Коли хочеш знати, то сюдою або ходять на вивідку, або втікають до половця. То хто ж ти будеш насправді?

Від цих слів Вітькові наче снігу сипонули межи лопатками.

— Та я... ні... я ж не знав... — промимрив він.

— То тепера знатимеш. А зараз вертайся і хутенько біжи до тітки Миланки. Ну, чом стоїш?

Вітько перелякано озирнувся на ліс, з якого тільки-но вибрався.

— Та... там вовки, — прошепотів він. — І дикі кабани.

Воїн розреготався. Тоді тихенько присвиснув і з виярку вибрався інший воїн. Він теж, мабуть, почув останні Вітькові слова, бо усмішка розтягла йому рота майже до вух.

— Відвези цього богатиря до Римова, — звелів йому той, що зістрибнув з дерева. — І одразу ж назад. Одна нога тут, друга — там.

За кілька хвилин вершник з Вітьком були вже на узліссі, звідкіля виднілися римівські ворота. Вершник зсадив хлопця на землю і насмішкувато сказав:

— До тітки Миланки доїдеш на своїх двох.

Тітка Миланка не знаходила собі місця. У Росанки обличчя теж було заплакане.

— Братку, куди ж це ти щез? — напосілася вона на Вітька, щойно той увійшов у двір. — Хіба ж так можна?

Вітько відчув, як у нього спаленіли вуха.

— Я той... прогулятися трохи хотів. А на мене дикий кабан взяв та й накинувся. То я заліз на дерево і чекав, коли він піде.

— Чуєте, мамцю? — гукнула Росанка до матері,

котра сиділа на лавиці і трималася за серце. — Його кабан злякав, а вам уже й зле стало.

Тітка Миланка лише рукою махнула. У неї не було сили навіть порадіти Вітьковому поверненню.

— А ми з Оленкою тебе, Мирку, стільки шукали, — продовжувала Росанка. — Всі ноги позбивали.

— З якою Оленкою?

— А з тою, що ганяє до череди корову Маньку. Вона Лидькова сестричка. Знаєш такого?

Вітько пригадав хлопця, що зустрів їх з Олешком, коли вони поверталися від Змієвої нори.

— Трохи знаю, — відказав він.

— Ви... Мирко часто з ним грався... — зітхнула Росанка. — А про тебе вже питали.

—Хто?

— Та з Городища. Ти ж уже не хлопчик, — Росанка пригладила Вітькові чуба. — Ти вже військової справи мусиш навчатися.

БІЛЯ ГОРОДИЩА

Поряд з брамою стояв вартовий. Проте він поводився зовсім не так, як вартові у всьому світі. Ті стоять непорушно, наче витесані з каменю чи проковтнули тичку. І, звісно, не зводять підозрілого погляду з кожного, хто проходить повз них.

А цей римівський вартовий на Вітька не звернув ніякої уваги. Він дивився убік від дороги. І, мабуть, бачив там щось неймовірно цікаве, бо аж долонями плескав об коліна.

— Агов, Олешку! — гукав вартовий. — Хапай ноги в руки, бо новий дружинник на п'яти тобі наступає!

Уподовж муру, важко відсапуючись, тупотіло десятків зо три підлітків. Наймолодші були Вітькового віку. Попереду біг Олешко Попович. Від нього ні на крок не відставав Лидько.

— Нумо-нумо, Лидьку! — під'юджував його вартовий. — Покажи Олешкові, чого варті римівські вояки!

Та все ж Олешко дістався до брами перший. Дихав рівно, спокійно, мовби й не біг навперегінки, а повертався з легкої прогулянки. Хіба що обличчя ледь-ледь спітніло. Не те, що в Лидька — у того просто ручаї з чола стікали.

А про інших підлітків, особливо молодших, годі було й казати. Вони хапали повітря, мов карасі, яких викинули на берег.

— О! — зраділо вигукнув Попович, коли його погляд зупинився на Вітькові. — Пропажа знайшлася!

Один за одним видиралися на дорогу мокрі як хлющі хлопці і завмирали, угледівши новачка.

— Це, Мирку, вважай, моя молодша дружина, — повів на них рукою Попович. — Дядько Ілько попрохав трохи їх поганяти... А оце, парубки, сам Мирко, син тітки Миланки. З нинішньої днини я беру його під свою руку. Тож дивіться мені! — Олешко показав хлопцям міцного кулака. — А тепер — ще одне коло! — звелів він.

Молодша дружина поспіхом витерла рясні ручаї з обличчя, хапнула в груди повітря і горохом покотилася в інший від дороги бік.

Якусь мить Вітько дивився хлопцям услід.

— А ти чого став як засватаний? — озвався до нього вартовий і легенько штовхнув межи плечі. — Ану, біжи доганяй!

Мов з рогатки, зірвався Вітько з місця. Ось зараз він покаже, як бігають хлопці у двадцять першому столітті!

Стометрівку Вітько подолав, як вихор. А далі його ноги по кісточки вгрузли в пісок. Ще за півкілометра стало непереливки — довелося стрибати з каменя на камінь. Навіть під підошвами сандалів відчувалися гострі краї. А хлопці ж бігли босі!

І все ж представник двадцять першого століття потроху виривався вперед. Ще мить — і він зрівняється з самим Поповичем. Проте Лидько, що біг на кілька кроків позаду, притримав Вітька.

— Пізнаєш мене, Мирку? — запитав він.

— П-пізнаю, — захекано відказав Вітько. — Ти нас з Олешком перший зустрів біля Портяної.

— Та я не про те, — відказав Лидько. Схоже, він був дещо розчарований. — Я про те, чи пам'ятаєш ти мене?

Лидько трохи скидався на Колька Горобчика. Але швидше був схожий на міцного і спритного Ігоря Мороза. Тільки ще ширший у плечах. І м'язи он які — так і перекочуються під шкірою.

— Ніби щось пригадую, — про всяк випадок відказав Вітько.

З хвилину Лидько біг мовчки.

— То воно й правда, що ти у Змія геть про все забув, — нарешті мовив він. — А ми ж з тобою гусей разом пасли. А потім корів до череди ганяли. Забув?

— Та ні, — обережно збрехав Вітько.

— Он бач! А ще що пам'ятаєш?

Ну як ти йому розкажеш, що вони ніколи разом не пасли ні свиней, ні гусей? І корів не ганяли до череди. Як йому розкажеш, що ти взагалі з іншого тисячоліття? Тоді, мабуть, доведеться визнати, що ти ніякий не син тітки Миланки. І взагалі невідомо хто. Можливо, навіть ворог усьому Римові. То вже краще для всіх залишитися Мирком, що врешті-решт утік від лихого потойбічного Змія.

Приблизно на такій думці зійшлися Росанка з тіткою Миланкою. І йому порадили казати те ж саме.

— Пам'ятаю ще, як ми з тобою до лісу ходили, — ухильно відповів Вітько. Бо хто з дітей не ходив до лісу?

— І як на човнах каталися, — додав він, бо гурт пробігав саме повз десяток човнів-плоскодонок, що наполовину висунулися з верболозу. — І сестра в тебе є. Оленка, якщо не помиляюсь. Чи не так?

— Правильно, — розплився у посмішці Лидько.— А тепер я, Мирку, знаєш хто? Дружинник у Іллі Муровця! От. Уже три тижні як дружинник. А на зиму ми з Олешком переберемося до Переяслава.

І на спітнілому Лидьковому обличчі засяяла щаслива посмішка. Одразу було видно, що Лидько ще не звик до свого дружинницького звання і дуже цим втішався.

— Слухай, Мирку, а яка вона, та Зміюка? — зненацька запитав Лидько.

Вітько подумки перебрав в уяві кілька малюнків із зображеннями Змія.

— Бр-рр... — вихопилося у нього. — Жахнючий.

Лидько кивнув головою. Певно, згоджувався з Вітьковими словами.

— А не знаєш, куди його краще вціляти, коли він вилізе з нори?

— В серце, — не досить впевнено сказав Вітько. — І мечем по шиї. А краще довбнею, — поправився він, пригадавши, що на кількох малюнках змієві переможці тримали в руках важкі довбні.

А далі Вітько мало що міг пригадати. І не тільки про Змія. Ноги йому налилися свинцевою втомою. Далася взнаки, либонь, невдала мандрівка до Сули. Вітько з останніх сил намагався не відстати від інших і подумки вмовляв Олешка, щоб той дав наказ на відпочинок.

Проте замість відпочинку вреднючий Попович загадав взяти по каменюці і бігти з нею.

Згодом він завів хлопців у грузьке болото, вибратися з якого можна було хіба що перестрибуючи з однієї купини на іншу. А той, хто промахувався чи стрибав не на ту купину — одразу ж по груди, а то й по шию, погрузав у глевку смердючу трясовину.

Вітько ляпнувся в болото чи не перший. І, мабуть, просидів би там аж до свого століття, якби не Лидькова допомога.

А потім Олешко ще раз загадав взяти по каменюці в кожну руку і дертися з ними догори.

Згодом Вітько не міг навіть пригадати, коли і як вони дісталися до брами. Пам'ятає лише, що разом з іншими повалився, як сніп, під вербами. І ні в кого навіть сил не було бодай словом перекинутися. Навіть невтомний Олешко — і той вхекався так, що від нього йшла пара.

— А чого це ви хапаєте повітря, мов хворі гусаки? — нараз долетів від дороги насмішкуватий голос діда Овсія.

Старий сидів верхи на невисокому половецькому конику. При боці — меч, за спиною — лук і сагайдак зі стрілами. Видно, зібрався дід у небезпечну путь.

— Легко вам, діду, таке говорити, — хекнув Олешко і витер жмутом трави брудні ноги. — Спробували б ви отак...

— Та бігав я, бігав, — заспокоїв його дід Овсій. — І не відлежувався, як оце ти, в холодку.

ДОРОГУ ВІДРІЗАНО

З брами на своєму важковаговозі виїхав Ілля Муровець. Не повертаючи голови, зиркнув на хлопців. Побачив межи них діда Овсія і нахмурив і без того нахмурені брови.

— Я ж вас чекаю, діду, — докірливо прогудів він.

Дід Овсій знітився.

— Та я тут забалакався трохи, — сказав він. — А що таке?

— Хочу прогулятися в одне місце. Взяв би і вас з собою, звісно, коли ви не проти. І Олешка. І... Мирка.

Хлопці заздрісними очима глянули на Вітька.

Попович миттю осідлав свого коня. Тоді виніс з приземкуватої будівлі половецьке сідло і накинув його на волохатого, половецького ж таки, коника. Потому підкликав Вітька і звелів:

— Сідлай сам. Вчися.

Втім, сідлав Вітько недовго. Олешко стояв поруч і докірливо похитував головою. Врешті, відсторонив Вітька і заходився сідлати коника сам.

— Ось так треба, — пояснював він при тому. — А тепер отак. Та стеж, аби він пузо не надимав. Бо видихне — і ти разом з сідлом опинишся в цього хитруна під животом. Ну, тепер усе. Рушаймо!

Ілля Муровець з дідом Овсієм чекали їх на мосту біля брами.

Вершники повагом їхали головною римівською вулицею. Олешко час від часу принюхувався.

— Перепічки печуть, — промовляв він і прицмокував язиком. — На смальці.

— Тобі лише перепічки в голові, — сердито дорікнув йому дід Овсій.

—Е-е, діду, краще б вони було отуто-о, — усміхнувся Олешко і поплескав себе по животі.

За римівськими воротами вони звернули до лісу і подалися дорогою, що в'юнилася до Сули. У верховітті стомлено позіхав вітерець. Від плавнів разу-раз долинало басовите ревіння водяного бугая.

Дід Овсій пильно вдивлявся під ноги — вивчав сліди. Нараз зупинився й сказав:

— Кабан лютував. Когось загнав на дерево.

Це було те дерево, на якому сидів удосвіта Вітько. Зненацька в Олешкових руках опинився лук. Свиснула стріла. Затим щось сіре й велике промайнуло серед гілок і щезло в гущавині.

— Шкода, що не вцілив, — сказав Олешко і закинув лука за спину. — Над дорогою залягла дика кішка рись, — пояснив він ошелешеному Вітькові.

— Дарма ти стріляв, — насупився дід Овсій. — Такого звіра треба бити або напевне, або не чіпати взагалі. Бо підбита рись здатна на все.

— Ет, — безтурботно відгукнувся Олешко і ворухнув повід.

Вітько отетеріло дивився на гілку, де засіла дика кішка рись. А йому ж удосвіта думалося, нібито це найбезпечніше місце в усьому лісі!

— Не затримуйтесь, — коротко кинув Муровець.

На узліссі він зупинився. Не повертаючи голови, запитав:

— Гей, Жило, ти спиш?

У відповідь ледь помітно хитнулася одна з гілок височенного дуба і лискучий жолудь дзвінко стукнув Муровця по шолому.

— Очі повибиваєш, — упівголоса застеріг велетень. — То як — усе гаразд?

— Та ніби так, — відказав з висоти невидимий Жила. — Тьху-тьху.

— А із нори Змієвої ніщо не витикалося?

— Тьху-тьху...

— То пильнуй далі.

Вони звернули у перешийок між болотами. Під

кінськими ногами м'яко запружинила торф'яниста земля. Довгоногі лелеки невдоволено клекотіли на непроханих гостей і знехотя поступалися їм дорогою.

Біля Портяної Вітьків коник уперся. Він нізащо не згоджувався ступати на дві грубо обтесані колоди, що замість моста були перекинуті через річечку.

— Доведеться лізти у воду, — зробив висновок дід Овсій. — На те вона і Портяною зветься, аби перед нею знімати порти.

Проте, на жаль, скупатися Вітькові не вдалося. Ілля Муровець легенько ляснув коника по крупу, і той миттю опинився на протилежному боці.

Ще трохи — і їхнім очам відкрилося блакитне плесо Сули.

Зненацька на тому березі вигулькнуло з-за кущів троє. Один з них був у вбранні руського воїна, а двійко інших...

— Половці! — вихопилося у Вітька.

— Атож, — згодився дід Овсій. — Але не бійся, то наші половці. Горошинські.

— Як це? — не зрозумів Вітько.

— На наш бік колись перейшли. А живуть вони он там, у Горошині, — дід Овсій махнув рукою за Сулу і трохи ліворуч — туди, де на самісінькому обрії бовванів синій ліс.

Один з вершників, забачивши римівців, змахнув рукою — чи то вітально, чи заспокійливо.

— Все гаразд, — зауважив Олешко і теж змахнув їм рукою. — Атож, ті, що за мною гналися, тепер, мабуть, чкурнули за тридев'ять земель. Гадаю, надовго мене запам'ятають.

— Невідомо ще кого, — насмішкувато гмикнув Муровець. — Може, тебе, а може, Змія.

І першим звернув у той бік, де була Змієва нора.

Неподалік від неї вершники зупинилися. Дід Овсій довго роздивлявся купу гранітних каменюк, що височіла над кущами.

Врешті посміхнувся у вуса й сказав:

— Але ж і попрацював ти, Олешку! З переляку, чи як?

Олешко смикнувся в сідлі, мовби на нього ливнули горщик окропу.

— Таке, діду, скажете! Кого б це я мав лякатися?

Він зіскочив з коня і заходився підважувати горішню брилу. Брила не піддавалася.

— В землю вросла, чи що? — здивувався Олешко.

Ілля Муровець кивнув головою.

— Колись і зі мною було щось подібне, — сказав він. — Еге ж, малим ще був і накинувся на мене лось. То я від нього, мов вивірка, рвонув по сосні. Ледве зняли мене звідтіля. А потім з десяток разів пробував вибратися на неї. І уявіть собі — жодного разу не вдалося.

— Допомогли б краще, аніж ото сміятися, — пирхав Олешко.

— Та вже бачу, що без мене не обійдеться.

Проте й могутньому Іллі Муровцю довелося добряче потрудитися, аж доки нору було розчищено від каміння.

— Ну ж бо, показуй тепер, звідкіля ти вибрався у наш світ, — звернувся Муровець до Вітька.

Хлопець зачудовано втупився в нору. Дірка, через яку він перебрався сюди зі свого третього тисячоліття, кудись щезла. Хіба що в одному місці глина видавалася трохи темніша. І саме на ній лежав Вітьків заступ з розтрощеним держаком.

— Мабуть, я виліз звідсіля, — невпевнено сказав Вітько і показав на темну глину. — А оце ось мій заступ...

Дід Овсій підняв заступ, уважно його оглянув і кілька разів провів нігтем по лезу. Схвально прицмокнув язиком:

— Добрий копач.

— О, а це що?! — скрикнув Олешко.

За кілька кроків від заступа, під розлогим шипшиновим кущем, валявся Вітьків ліхтарик. Олешко нахилився і обережно, мов якусь дивовижу, взяв його до рук. Крутив навсібіч і ніяк не міг здогадатися, що воно таке.

— Натисни на оцю кнопку, — порадив Вітько.

Олешко натиснув — і ліхтарик спалахнув яскравим, навіть при сонці, світлом. Олешко здригнувся з несподіванки і відкинув його далеко вбік.

— Що ти робиш? — зойкнув Вітько і кинувся до ліхтарика. — Ти ж його розіб'єш!

— Не чіпай! — вихопилося в Олешка.

Проте ліхтарик уже був у Вітькових руках. На щастя, він залишився цілий. Вітько вимкнув світло і старанно витер ліхтарик рукавом сорочки.

— Це його злякався той половець, що гнався за мною, — пояснив він. — Закричав так, що я ледь не оглух.

Олешко недовірливо розглядав чудернацьку річ. Знову взяв до рук, сказав:

— Ніби й нічого особливого... Як же воно так світить, га? Світлячків сюди напхали, чи що?

Дід Овсій тим часом припасував до заступа новий держак і заходився довбати глину в тому місці, де вона була темніша.

За кілька хвилин залізо скреготнуло об камінь. Потім ще раз. І ще.

Вітько відчув, як у нього захололо в грудях. Ходу назад не було.

Олешко Попович заліз рукою під шолом і почухав потилицю.

— Дивина, — сказав він. — Я ж у ту дірку сам лазив!

— Тепер вже не полізеш, — зауважив дід Овсій.

— Це чому ж? Ви самі казали, що Змій тричі визирає.

— Казав, — згодився дід. — Та як знати — може, це й був третій раз? А ти що скажеш, Мирку? — звернувся він до Вітька.

Вітько не відповідав. Очима, повними жаху, дивився він на щойно викопану яму. Невже йому більше не доведеться побачити своїх?

ЗМІЙ ПІД РИМОВИМ

Сонце повільно всідалося за воронівський ліс. Дід Овсій торкнувся до Вітькового плеча.

— Час повертатися, хлопче. Е-е, що це з тобою?

І тут Вітько не стримався. Все, досить! Нехай з ним роблять що завгодно. Нехай вважають ворогом чи Змієвим вивідником. Але критися йому вже несила.

— Я не Мирко, — сказав Вітько. — І ніякого Змія немає...

Дід Овсій слухав Вітька, наче мала дитина. Він навіть рота розкрив від здивування. Кілька разів стріпував сивою головою, мовби відганяв мару.

Проте ще ширше розкрив рота Олешко Попович. В ньому могла вільно поселитися шпакова сімейка. Олешко то схоплювався на ноги і збуджено походжав довкола, то знову всідався навпроти хлопця.

— Ти ж диви, — приголомшено примовляв він.— Та як же це...

— Замовкни, — осмикував його дід Овсій. — Дай же послухати!

І лише Муровець не виказував своїх почуттів. Він слухав Вітька з таким виглядом, ніби все це було йому давно відоме.

— Що ж ви мовчите, дядьку Ільку? — напосівся на велета Олешко, коли Вітько закінчив розповідь — Ви що — знали про це, га? Й мовчали?

— Справді, Ільку — підтримав Олешка дід Овсій. — Скажи щось: бачиш, що тут твориться?

— Та бачу, — відказав йому Ілля Муровець і звернувся до Вітька. — Ти сестрі... тітці Миланці розповів про себе?

Вітько кивнув головою.

— І Росанці теж, — сказав він.

— А вони що?

— Сказали, щоб я мовчав. Нехай усі думають, ніби я й справді їхній Мирко.

— Добре, — схвалив Муровець і підвівся.— Що ж, поїхали.

— Як? — здивувався Олешко. — Оце й усе, що ви хочете сказати?

— А ти чого чекав? Сторожі я загадаю й надалі стежити за норою. Відкриється — відпустимо

хлопця. А як ні — то вже нехай вибачає... — Велето-
ва рука легенько торкнулася до похнюпленої Віть-
кової голови. — Ну ж бо, парубче, тримайся. Тут
уже нічого не вдієш. Треба чекати.

Назад поверталися, коли землю оповили сутінки.
Попереду мовчки їхали дід Овсій з Муровцем.
Певно, вважали, що Олешко здатен краще розра-
дити безутішного Вітька.

А Олешка аж розпирало від цікавості.

— То, кажеш, у тому, як його... вертольоті сидить
людина?

— Так... — надсилу відказав Вітько.

— Як ото я сиджу на возі? Дивина, та й годі...

Олешко на хвилю замовк. Не інакше, як уявив
себе усередині того вертольота.

— Дивина, — повторив він. — Слухай, Мирку,
а у вашому часі хоч щось чули про нас?

Вітько мимоволі посміхнувся. Добре, коли поруч
така невгамовна й цікава людина, як Олешко! Бо
наодинці зі своїми думками Вітькові було б значно
гірше.

— Чули, — відказав він. — Ще й як чули! І про
тебе, і про дядька Ілька...

— Чуєте, що Мирко каже?! — загорланив Олешко
до вершників, що ледь мріли в сутінках. — Він
каже, що в їхньому часі знають про нас!

— Ще б не знати, — буркнув Ілля Муровець. —
Особливо про тебе.

— Тю на вас, дядьку! — відмахнувся Олешко. —
Мирку, а скажи-но... а як мене у вас зовуть?

— Альоша...

— Калоша?! — спалахнув Олешко.

— Та ні, — всміхнувся Вітько. — Альоша. Альоша Попович.

— Тю... А чого Альоша, а не Олешко?.. От понавигадували! — Олешкове обличчя спохмурніло. Проте не надовго.

— Ну, та що вже вдієш... — сказав він. — Як повернешся колись у свій час, то скажеш їм моє справжнє ім'я... А тепер дай-но ще раз гляну на оту твою річ...

Вітько простяг Олешкові ліхтарика й сказав:

— Можеш взяти його собі.

Олешко недовірливо глипнув на Вітька.

— Назавжди?

— Назавжди.

— Ну, Мирку! — тільки й спромігся сказати Олешко. А за мить поцікавився: — А що я з ним робитиму?

— Ну, що завгодно... Взагалі цей ліхтарик для того, щоб освітлювати вночі дорогу перед собою.

— О, це те, що нам треба! Ану, спробую...

Яскравий сніп світла вперся в темну очеретяну стіну. Потому гайнув у піднебесся.

— Ого! — вихопилося в Олешка. — Справжнє тобі Змієве око!

Захоркали й злякано затанцювали коні. Звіддалік долетів стривожений голос Муровця:

— Гей, Олешку! Що ти робиш?

— Дорогу освітлюю, дядьку Ільку! Дивіться! Куди тому Змієвому оку!

Промінь світла вихоплював з темряви чагарники, траву під ногами... Зненацька зупинився на обличчі Муровця. Той поспіхом затулив долонею очі й сердито гримнув:

— Та зроби щось йому, аби не сліпило! Нічого не бачу.

— От же ж бісів син свого батька! — подав голос і дід Овсій. — Геть коней схарапудив!

— Нічого не схарапудив, — заперечив Олешко і спрямував промінь на дорогу. — Їм же зручніше буде. Бачите, як видно?

І тут від Римова долинув квапливий передзвін. Олешко застиг.

— Що це? — запитав він. — Ніби на Городищі у било б'ють.

— Та зроби щось з тим світлом! — розлютився Муровець.

— Аби я знав, як це робиться, — знічено відказав Олешко. — Мирку, як його загасити, га?

Мирко натис на кнопку і довкола знову запала темрява. І в тій темряві чути було віддалені удари по металу.

Потім один за одним у Городищі почали спалахувати крихітні вогники.

— Тривога! — спохопився Олешко. — Мерщій до Городища!

— Стривай, — зупинив його Муровець і прислухався. — Схоже, сюди хтось жене кіньми. — І раптом розреготався так, що коні знову схарапудилися. — Не інакше, як нам на допомогу поспішають!

— Яка там допомога? — не зрозумів Олешко.— Навіщо вона нам?

— Ну, аякже! Хлопці побачили світло біля Сули і подумали, що то Змій налетів на нас.

— Мабуть, так воно і є, — згодився дід Овсій і накинувся на Олешка: — От же ж дурень! Застав такого Перунові молитися, то він і лоба розіб'є!

— Та хіба ж я знав... — розгублено промимрив Олешко. Проте одразу знайшовся: — Слухайте, та це ж чудово! Ми їм скажемо, що Змій і справді накинувся на нас. А ви, дядьку Ільку, я-ак дали йому! А ми я-ак додали! І все — немає Змія. Знову дременув до своєї нори.

І Олешко поспішно заховав ліхтарика в кишеню.

— Мене не вплутуй, — попередив Муровець. — Сам заварив цю кашу — сам і їж.

— І з'їм. Була б каша, а рот завжди знайдеться!

З лісу до них наближалися вогні смолоскипів.

Тієї ночі у Римові мало хто спав. Усі тільки й переповідали один одному всілякі жахи про Зміїв напад. А також про те, як Олешко Попович, що опинився найближче до Змія, вийшов переможцем у жорстокому двобої... І ніхто не звернув увагу на те, що Муровець при цьому загадково гмукав у довгі вуса, а дід Овсій сердито плювався і називав когось брехлом несосвітенним.

ВОЛОДИМИР МОНОМАХ

Спостережник Панько сидів на нижньому щаблі, помацував ногу в котику і люто лаяв невідь-кого. Він щойно злізав із сторожової вежі і оступився на рівному.

— Ох же ж і розтелепа, — сказав йому дід Овсій. — Навіть лазити по людському не вмієш.

Спостережник хотів відказати щось гнівне, але стримався. З дідом заводитися було марно. Мало того, що він старший і теж гострий на язик, так ще й Іллля Муровець за ним руку тягне в усьому...

Тож спостерігач закотив холошу і, зціпивши зуби, спостерігав, як набрякає його нога.

Дід Овсій помацав її і співчутливо похитав головою.

— Без доброго костоправа не обійтися, — крекнув він і погукав. — Гей, хлопці, а зганяйте-но хтось до діда Микитки!

Тоді поплював на руки і подерся по хиткій драбині на вежу. Вітько з заздрістю спостерігав, як дід, майже не нахиляючись до драбини, спритно долає щабель за щаблем. За якусь мить дід уже стояв на спостережному майданчику і, приставивши долоню до лоба, уважно видивлявся за Сулу.

Проте, мабуть, нічого підозрілого не виявив, бо за хвилину глянув униз і гукнув:

— Мирку, де ти там? А лізь-но сюди...

Вітько став поруч з дідом і в нього перехопило подих.

У своєму житті він вилазив на найвищі скирти, дахи та дерева, але забиратися на таку височінь йому ще не доводилось. Темно-зеленаві очерети, рясно помережані минулорічними жовто-брунатними качалками, погойдувалися так далеко внизу, що й шурхоту від них не було чутно. Та що там очерети — навіть качки, що інколи перелітали з одного чистоводу на інший — і ті літали нижче від нього, Вітька!

А що вже видко! До самісінької Сули, яка у справжньому Вітьковому житті була за сім кілометрів (коли обходити болото) від Воронівки.

— Ну, як — гарно? — перепитав дід Овсій.

— Клас! — щиро видихнув Вітько.

Нараз сторожова вежа похитнулася від різкого подуву вітру і Вітьковое серце завмерло.

«А раптом вона не витримає і впаде?» — подумав він і вчепився в поруччя з такою силою, аж побіліли кісточки на пальцях.

А от дід Овсій лише вдоволено пирхнув, коли його полотняна сорочка наповнилася вітром і стала схожою на вітрило.

— Бачиш Змієву нору? — тихо запитав він.

Вітько придивився. Поміж Сулою і тим місцем, звідкіля він вибрався у цей світ, неспішно роз'їжджало двійко вершників.

— Вони там розгулюють на той випадок, коли нора відкриється знову, — півголосом, наче повіряв якусь таємницю, сказав дід Овсій.

Вітько відчув, як в його душу хлюпнуло теплом. Отже, не чужий він цим гарним людям! Вони хочуть йому добра. Вони хочуть повернути його додому. До мами і татка. Навіть не дивлячись на те, що тітка Миланка і слухати не хотіла про наступне Вітькове щезнення.

— Дякую, — ледь чутно мовив він.

Дід Овсій ніби не почув. Він не відводив погляду від неозорого степу, що розкинувся далеко за Сулою.

Вітько теж деякий час дивився у той бік, проте нічого особливого не завважив. Хіба що ген на обрії повільно пересувалося кілька маленьких цяток. Незабаром вони щезли і Вітько знічев'я перевів погляд туди, де мала бути Лящівка. В його двадцять першому столітті між нею і Воронівкою зеленіли невеличкі діброви, рясно помережані луками та пасовиськами. Але зараз перед його очима постали такі густі ліси, що й просвітку межи ними не було. Хіба що де-не-де поміж дерев проглядала вузька звивиста дорога.

Такі ж неозорі ліси розкинулися і по ліву руку, де мало бути село Мохнач.

Вітько вже хотів знову перевести погляд за Сулу, як раптом зауважив на мохнацькому узліссі якийсь рух. А ще за мить з лісу вихопилося кілька вершників і галопом помчали до Римова. За ними вихлюпнулося ще з десяток вершників. І ще...

— Діду, — сказав Вітько. — Гляньте он туди. Що то за люди?

Дід Овсій глянув і його аж пересмикнуло.

— Ільку! — вигукнув він. — Якийсь гурт вилетів з лісу і чеше до східних воріт. О, ще один! Ціла орда!

— Тривога! — прогримкотів Ілля Муровець і важким підтюпцем подався сідлати свого Гнідка. Його обігнав Олешко.

Закалатали била, заіржали коні, гарцюючи під вершниками. Дід Овсій навдивовижу швидко скотився по щаблях і стрибнув на першого коня, який трапився йому під руку.

— Гей, діду, та це ж мій кінь! — вигукнув спостережник Панько.

Проте за дідом лише курява здійнялася.

Коли Вітько прийшов до тями, на Городищі вже нікого не було. Лише Панько лаявся приглушеним голосом, силячись стати на хвору ногу.

— Хлопче, піймай-но мені якусь шкапину, — попрохав він Вітька, коли той зліз із вежі. — Там, біля Байлемового ставка, їх кількаро пасеться. Бо я не можу — бач, як комизиться клята нога.

Панько не помилився. Кілька спутаних коней, час від часу підстрибуючи, паслися на березі ставка. Вітько злетів на найближчого, проте руки його замість того, аби спрямувати коня до сторожової вежі, розвернули його услід за дружинниками. Кінь вдарив копитами по мосту і вихором злетів нагору.

В Римові творилося щось несосвітенне. Ревли корови, мекали вівці, звідусюди долинали сполошені голоси матерів, що одна поперед одної скликали своїх дітей. А ті, хто міг тримати лука чи меча — піші й кінні, старі й парубчаки — чимдуж поспішали хто до воріт, хто до Городища. Вони мали стати на місце дружинників.

— Мирку, ти куди? — крикнув Вітькові хтось із хлопчаків.

Вітько не відповів. Його сорочка лопотіла на вітрі, і земля ніби сама кидалася під копита коневі. За якусь хвилину він уже наздогнав задніх вершників. Ті саме під'їжджали до воріт, і дехто вже витягував стріли з сагайдаків.

Попереду римівської дружини височів Муровець. З його правої руки звисала на ремені кована довбня. Ліву він приклав до лоба і вдивлявся у щось, видиме лише йому.

— Здається, то не половці, — нарешті сказав він. — Ні. То... Та це ж князь Володимир Мономах!

—Ху-х, — з полегкістю видихнув дід Овсій. Затим озирнувся, його очі спинилися на Вітькові і дід сказав: — Ну, Мирку, спасибі тобі!

— За що? — здивувався Вітько.

— Як за що? За те, що від сорому нас усіх спас!

— Я? Від сорому?

— Атож. Бо якби не ти, то князь Володимир оце любісінько увірвався б у Римів, розумієш? І тоді б ми отримали на горіхи за те, що прогавили його з'яву. Бо на його місці могли бути половці. Та що там князь! Найгірше те, що його гридні-злидні дерли б носа і всіх нас називали лопухами, як ото лубеньських. А так — дулі їм! — І дід не втримався, пригорнув Вітька до кістлявих грудей. — Моло-дець, хлопче!

— Годі, діду, — обізвався Муровець, — готуймося до зустрічі.

Вершники були за десяток кроків від воріт, коли ті відчинилися. Передній, приземкуватий воїн у чер-воному плащі-корзні влетів у браму і на повному скаку зупинив свого білого, як сніг, коня. Його ліва брова здивовано смикнулася вгору. Схоже, він не сподівався, що римівські дружинники так швидко зберуться біля воріт, та ще й озброєні.

— Це князь Мономах, — прошепотів дід Овсій Вітькові.

Вітько вражено дивився на вершника. То ось який він, Володимир Мономах, про якого у Римові було скільки розмов! Олешко, наприклад, стверджував, що таких справедливих людей, як Володимир Мономах, на всій Русі ще пошукати треба. От вділили йому київські князі чернігівської землі, а він взяв та й поступився нею на користь іншого князя, бо той мав на неї більше прав. А що вже хоробрий! З дванадцяти років бере участь у битвах. І, як казав дід Овсій, завжди був попереду свого війська.

А ще він мудрий. Кілька років тому переяславську землю безперервно терзали половецькі орди. І нічого не можна було вдіяти, бо на кожного переяславського воїна припадало чи не семеро половецьких. Та коли в Переяславі став княжити Володимир, він уклав з ханами угоду про ненапад. Щоправда, хани її час від часу порушують — тихцем посилають за Сулу своїх розбишак, а самі вдають, що нічого не відають. А от Мономахові переходити за Сулу не можна, бо він змушений був на вимогу ханів віддати заручником свого улюбленого сина Святослава. І коли що — йому першому половці знесуть голову...

А що знав Вітько про нього у своєму двадцять першому столітті? Лише те, що князь носив важку шапку, яка так і називалася — шапка Мономаха. Але правда це чи ні, Вітько сказати не міг, бо князь був простоволосий і його русяве волосся перехоплювала стрічка.

Ілля Муровець поворушив поводи свого Гнідка і виїхав наперед.

— Здоров будь, князю, у нашому Римові!

Мономах відповів не одразу. Він провів пильним поглядом по дружинниках, — мабуть, хотів переконатися, що всі вони були при мечах, — і лише потому обернувся до Муровця.

— Вітаю тебе, Ільку Івановичу, — мовив князь густим, ледь хрипкуватим голосом.— О, діду, і ти тут! — прояснішав він обличчям, побачивши діда Овсія.

Вітько побачив, як дід Овсій розквітнув у посмішці. Він теж був радий цій зустрічі. Вони ж бо з князем старі знайомі. Дід сам розповідав, як, будучи ще переяславським дружинником, він навчав молодого тоді князенка Володимира всіляких воїнських хитрощів і як полювати на крупного звіра. І дечому таки навчив, бо нині князь Володимир — один з найкращих переяславських уполювальників.

— Добридень тобі, князю, — сказав він.

А от коли Мономах порівнявся з Олешком, його бистрі сірі очі на мить заслала пелена смутку. І Вітько зрозумів, чому. Вочевидь Попович нагадав йому про сина Святослава. Олешко був йому за товариша в дитячих, а потім і в юнацьких забавах. Мономах бачив їх завжди разом. Святослав дуже хотів, щоб Олешко супроводжував його і в половецькому степу, проте хани не дозволили. Бо мало що можуть втнути двоє переяславців, навіть коли з них ока не спускати!

— Добридень, князю, — схилив перед ним голову Олешко.

Князь ледь помітно кивнув. Затим випростався, ще раз обвів поглядом дві шеренги римівців і сказав:

— Бачу, що службу свою знаєте... — Тоді примужив око і поцікавився: — Тільки як це вам вдалося так швидко зібратися біля воріт?

Обличчя Іллі Муровця розпливлося у вдоволеній усмішці. Зазвичай князь Володимир був скупий на похвалу. Тож ці його слова вартували багато.

— А мої люди, князю, зауважили тебе, щойно ти вибрався з мохнацького лісу.

— Молодці, — Мономах усміхнувся самими очима. — І хто ж це такий гостроокий?

—Гм-мм... — Муровець озирнувся. — Ось цей хлопець... небіж мій, — він вказав на Вітька, що визирав з-за спини діда Овсія.

— Небіж? — Пильний Мономахів погляд прикипів до Вітькового обличчя.— Щось він не схожий на вашу сім'ю. У вас же всі, мов боровики, а цей на опенька схожий.

— Нічого, ще виросте, — запевнив Муровець. А що Мономах все не відводив погляду від Вітька, то Муровець прохально блимнув до діда Овсія: допомагай, мовляв!

— У дитинстві Ілько теж був такий, — не відмовився дід Овсій від допомоги.

І Вітько зрозумів, що обидва вони не хочуть, аби Мономах знав правду про нього. Бо чого доброго візьме тоді й забере його, Вітька, до себе у Переяслав. А там немає Змієвої нори, крізь яку Вітько міг би повернутися у свій час.

— Може бути, — згодився князь. — І як же ти мене зауважив? — звернувся він до Вітька. — Мабуть, на дереві сидів?

Вітько затнувся. Він був ще непривчений отак запросто розмовляти з князями.

—Н-ні.. я з того... зі спостережної вежі...

— З вежі? — перепитав князь і обернувся до Муровця.— Ти що, змушуєш дітей лазити на сторожові вежі?

Обличчя Муровця почало вкриватися червоними плямами. Хоча князь Володимир наказав створити при кожній сторожовій заставі молодшу дружину, проте горе було тому ратникові, який перекладав свої обов'язки на дитячі плечі!

— Я... — почав він.

— Це я винен, князю, — перебив його дід Овсій. — Це я попрохав хлопця...

Але і йому не вдалося продовжити, бо наперед виступив Олешко.

— Коли дозволиш, князю, я розповім, як воно сталося, — і, не чекаючи дозволу, повів далі з таким виглядом, наче розповідав цікаву бувальщину. — Тут така справа. Поліз дідо Овсій на вежу, аби й собі поглянути, що ж діється навколо. А тут подув вітер і зірвав з голови дідового брилля. Ну, ми й оком не встигли змигнути, як цей ось Мирко, — він кивнув на Вітька, — підхопив того брилля і поліз до діда на вежу. І поки дідо дякували йому за те, що Мирко не дав капелюхові закотитися в болото і ла-яли за те, що видерся на вежу без дозволу, Мирко встиг заввважити, як ти, княже, виїздиш з мохнаць-кого лісу.

Казати неправду Мономахові теж було небезпечно.

Проте Олешко дивився на князя такими чесними очима, що навіть Вітько повірив, ніби так воно й було.

А от князь, здається, в чомусь сумнівався. Він перевів погляд з Олешка на простоволосого діда Овсія і насмішкувато приплющив око.

— Гарно оповідаєш, — сказав він. — Тільки ж чому не бачу того капелюха на дідовій голові? Що, знову вітром зірвало?

Це питання стосувалося вже діда. Та оскільки дід ніколи не говорив неправди, то йому лишалося хіба що опустити голову, аби не стрінутися з насмішкуватим поглядом князя Володимира..

Нараз Мономах поглянув кудись за спини дружинників і його очі перестали посміхатися.

— Ну, що ж, — сказав він. — За те, що вчасно помітили прибульців, хвалю. А от чи залишив ти, Ільку Івановичу, когось на сторожовій вежі, перед тим, як кинутися з дружиною до воріт?

Ілля Муровець відчув, як йому по спині сипонуло морозом. Атож, здається, на вежі зараз нікого немає. Останніми там були дід Овсій і Мирко. Але ж вони осьдечки... А князь Володимир за такий недогляд соромить так, що не доведи Господи! І є за що. Половець, він такий — то його й духу не чути, а за хвильку вже під ворітьми уродився! Як оце сам князь...

Муровець поспішно озирнувся у бік сторожової вежі, але нічого не побачив, бо її закривало кілька розлогих дерев.

— Я... — почав він. — Князю, ми з степу очей не зводимо. І над Сулою мої люди ходять, і край лісу є сторожовий дуб. Там теж двоє сидять...

— Що стежать, це добре. Але я тебе про сторожову вежу запитую, — зупинив його Мономах. — Чи нагадати тобі ще раз, що на тій вежі мусить денно і нощно стояти людина?

Князь сердито ворухнув густим вусом і, не чекаючи відповіді, від'їхав убік, аби йому відкрилася сторожова вежа. Нараз схвально кивнув головою і сказав:

— Що ж, гарно несете службу. Де Муровець — там усе до ладу.

Тепер уже всі виїхали на горб. Муровець полегшено зітхнув: на вежі виднілася крихітна постать спостережника.

— Це, мабуть, дядько Панько, — винувато прошепотів дідові Вітько. — Виліз на вежу і виглядає мене, бо я пообіцяв йому підігнати коня і не підігнав.

— Нічого, зачекає, — відказав дід і не втримався, скуйовдив Вітькову чуприну. — Сам Бог послав тебе, хлопче, до нас!

ДИКА КІШКА РИСЬ

У цьому лісі вона почувалася господинею.

На деревах — від товстелезних нижніх гілок, де так зручно відпочивати, і до верхніх, які й білку не втримають, — вона не мала собі рівних.

Мало кого вона боялася і внизу, на далекій вогкій землі.

Зате сама вона наводила страх на увесь ліс. Зайці й лисиці ледь зачувши її запах, стрімголов зривалися з місця. Косулі та олені обходили десятою дорогою те дерево, на якому вона спочивала.

Всі знали її нещадність і вміння зненацька й блискавично впиватися в незахищену шию. Навіть кошлатий ведмідь чи велетенський зубр, що інколи заходили у ці місця — і ті, зачувши запах дикої кішки, нервово пересмикували носом і сторожко озиралися.

Не боявся її хіба що дикий кабан, бо його товстошкіру шию не брали жодні кігті. Зате над ним можна було вдосталь покепкувати. Наприклад, схопити щойно народжене порося і стрибнути з ним на дерево...

І не було для неї більшої втіхи, ніж ласувати синочком чи донею того вепра і спостерігати як той в нестямній люті штурхає іклами дерево, на якому вона розкошує.

Єдине, кого дика кішка остерігалися — це двоногих істот. Остерігалася і зневажала, бо ті не вміли до пуття ні по деревах лазити, ні по землі бігати. Та й шиї у них були такі ніжні й незахищені, що розпороти їх можна було одним кігтем її пазуристої лапи.

Зате у двоногих були дуже вправні передні кінцівки. Вони вміли геть все, а надто — випускати довгі й жалючі жала, від яких не було ніякого порятунку. Єдина втіха, що ці істоти мали кепський зір. Такий кепський, що не могли нагледіти її навіть тоді, коли вона лежала, притиснувшись до гілляки, за кілька стрибків від них.

Тож вона звикла не тікати, коли хтось із цих двоногих проходив неподалік. Хіба що тісніше притискувалася до дерева та примружувала очі, щоб сонячний промінь не відбився від них. А ще вона полюбляла вибиратися на узлісся і подовгу спостерігати за життям тих двоногих. Особливо їй подобалося стежити за їхніми малюками. Ті, точнісінько, як і її кошенята, не могли ні хвилини побути в спокої. Вони бігали, стрибали, лазили по деревах, борюкалися і взагалі зчиняли такий веселий рейвах, що часом їй самій кортіло зістрибнути з дерева і погасати серед них.

Проте кілька днів тому така безпечність дорого їй обійшлася. Чи то вона невчасно блимнула оком, чи вляглася на досить освітленому місці, проте один з гурту двоногих, що проїжджав під її деревом, зупинився на ній поглядом. А тоді в його руках опинилася гнута лозина. Щось свиснуло, вдарило в гілляку перед нею і, відлетівши убік, застрягло їй поза вухом. З несподіваного болю, що пронизав все її єство, вона ледь не впала на землю. Все ж якимось дивом втрималася і щезла в гущаві швидше, ніж двоногий встиг послати ще одне жало.

Ці кілька днів вона мучилася так, як ще не мучилася ніколи. Біль, що нуртував у загривку, доводив її до божевілля, бо його не можна було ні перележати, ні зализати язиком. І цей біль з кожною хвилиною збільшував і без того велику зненависть до двоногих, що змусили її почуватися так зле.

Що вона їм вчинила? В неї і думки тоді не було напасти на когось із них, а надто на їхніх беззахисних малюків, хоча ті були ще слабшими, ніж верескливі діти дикого вепра.

Але відтепер вона не матиме жалю ні до кого з цих двоногих. Ні до старого, ні до малого.

Зненацька до неї долинув віддалений тупіт. Дика кішка рись зловтішно засичала і, перемагаючи біль, що на кожному кроці бив їй у тім'я, почала скрадатися до дороги, яку проклали ті двоногі.

Мономах любив швидку їзду. Ледь вибравшись за Римів, він стиснув коліньми кінські боки і його білий огир одразу вихопився наперед. Галопом пролетів князь вузькою лісовою дорогою, першим процокотів по мостках через Портяну, затим через Іржавицю і щез межи присульських верболозів та очеретів.

Коли супровід знову наздогнав його, княжий огир уже щипав траву, а сам князь стояв на високому, підточеному Сулою, пагорбі. Рвучкий вітер шарпав його червоне корзно, куйовдив прихоплену першою сивиною чуприну, проте князь на те не зважав. Він стежив за двома кінними постатями, що повільно малішали на овиді, і думав про щось своє. Ліворуч з-за очеретів визирало селище, що складалося з половецьких юрт та глинобитних хаток, яких так багато на Переяславщині.

— Як вживаєтеся з горошинськими? — не обертаючись, запитав він Муровця з дідом Овсієм, коли ті спішилися і теж зійшли на пагорб. — Не чубитеся?

— Та поки що Бог милує, — відказав дід Овсій.— Бо коли, князю, по совісті, то ми хоч і не зводимо очей зі степу, але ці горошинці знають куди більше, що там діється.

— Це ж чому? — поцікавився князь.

— Вони хоч і туляться до нас, все ж мають родаків чи не в кожній орді. Тож їздять одне до одного в гостину і часом дізнаються таке, що нам і не снилося.

— Молодці, — якось неуважливо похвалив князь горошинських, не відводячи погляду від засульської далечіні. І якось дивно було бачити тугу і смуток, що на хвилю застигли в його сірих очах.

Муровець скоса зиркнув на свого князя і співчутливо зітхнув: схоже, князеві не спадала з думки доля його улюбленого сина Святослава.

Кілька літ тому Володимир Мономах став князем переяславської землі, геть пошарпаної ненастанними половецькими набігами. А що спочатку у нього не було дружини, яка б давала відсіч нападникам, то князь змушений був укласти з половцями угоду про мир і дружбу. Половецькі хани охоче пристали на неї, тим паче що порушення угоди нічим їм не загрожувало. А от Мономах на їхню вимогу змушений був віддати у заставу свого первістка Святослава. Тож варто йому було, переслідуючи нападників, вибратися збройно за Сулу, як тоді княжич Святослав міг позбутися голови.

Та все ж цей передих дав переяславській землі багато чого. Половецькі набіги порідшали, а відтак зміцнилися порубіжні села та городища. І головне — князь Володимир зібрав сильну дружину, яка здатна була вистояти супроти Степу. Проте перейти за Сулу, аби покарати порушників, князь усе ще не наважується. Батьківська любов поки що переважає княжий обов'язок.

За ці роки переяславські вивідники не раз і не два намагалися з'ясувати, де ж то перебуває княжич Святослав. Відомо було тільки те, що він під пильним наглядом. Більш того — його постійно перевозили з одного стійбища в інше, аби Мономахові люди не змогли відшукати його слідів.

Муровець перезирнувся з дідом Овсієм. Той кивнув головою: мовляв, пора.

Муровець обережно кашлянув.

— Князю, — сказав він упівголоса. — Тут така справа. Нарешті нам вдалося дещо дізнатися про княжича Святослава.

Мономах рвучко обернувся до нього.

— І ти мовчиш? — майже вигукнув він і годі було вирішити, чого більше звучало в його голосові — радості чи остраху.

— Вибач, князю, проте ми мусили перевірити ці новини перед тим, як посилати до тебе гінця. Та коли вже ти приїхав... — Муровець помовчав. — Врешті, нехай краще тобі про це розкаже Попович. Бо то він приклав до цього руку.

Муровець кивнув головою і на пагорб зійшов Олешко. Мономах кинув на нього нетерплячий погляд.

— Ну? — сказав він. — То що тобі відомо про княжича Святослава?

Олешко на мить схилив голову.

— Мало що, князю.— сказав він. — Хіба тільки те, що нині княжич Святослав перебував в орді під сильною охороною нашого сусіди хана Курнича...

— Як він? — перебив Олешка Володимир.

— Ті, хто його бачили, кажуть, що в князя моло-
децький вигляд і він може роз'їжджати в орді, де
захоче. Та варто йому бодай поглянути у наш бік,
як тієї ж миті поруч з ним опиняється хтось із охо-
рони.

— Зрозуміло, — кивнув головою Мономах. — І як
же тобі вдалося дізнатися про це?

— Дуже просто князю, — посміхнувся Олешко. —
У діда Овсія є в Горошині старий товариш Горошко
Печеніг. А в того Горошка рідні чи не в кожній орді.
От він і розповів мені про княжича Святослава...

Олешко озирнувся довкола, а тоді наблизився до
Мономаха майже впритул і сказав:

— А що, князю, коли нам спробувати викрасти
його?

Князь Мономах випростався, мов від удару. На
мить у його погляді, спрямованому на Поповича,
зблисла надія.

Проте князь одразу заперечливо похитав головою.

— Навряд чи це вдасться, — сказав він. — Сам же
кажеш, що половці з нього очей не зводять. Тож
варто нам лише перебратися за Сулу, як вони мит-
тю запроторять його кудись аж до моря. Або й ще
гірше.

— Та я, князю, не про те, — довірливо, наче най-
ближчому приятелеві, зашепотів Олешко у князеве
вухо. — Якщо ти не забув, ми з княжичем Свято-
славом колись попросили в тебе дозволу прогуля-
тися до Сули, а опинилися аж біля Хоролу.

— Пам'ятаю, — відказав Мономах. — Тоді вам дісталося від мене так, що ви кілька днів не могли сісти.

— Було таке, — радісно погодився Олешко. — Але я, князю, про інше. Я про те, що тоді нам на очі потрапила одна чарівна місцинка. А що, коли...

Княжа охорона з тої розмови не чула ані слова. Вона лише бачила, як випростався князь, ніби скинув з себе важку ношу, як він пожвавішав і вперше за кілька років у його очах засвітилася радість.

Назад поверталися без поспіху. Мономах з Муровцем їхали попереду і стиха розмовляли. Одразу за ними похитувалися в сідлах дід Овсій та Олешко Попович. Решта дружиників, аби не заважати, відстала на десяток кроків. Інколи Мономах озирався, кивком голови підкликав Поповича чи діда Овсія і про щось у них запитував.

Незабаром вершники порівнялися зі сторожовим дубом і в'їхали до лісу. Поступово дорога звузилася до розмірів стежки і Муровець притримав свого Гнідка, пропускаючи Мономаха вперед.

Зненацька у листі щось прошуміло. Мономах блискавично відхилився убік — і в ту ж мить повз його голову промайнула якась сіра тінь і впала на шию коневі. Княжий огир пронизливо заіржав, відсахнувся, зачепився за корінь і впав, дригаючи у повітрі ногами. Сіра тінь перевтілилася в небачених розмірів дику кішку рись. Вона стрибком розвернулася і кинулася на Мономаха, цілячись в його карк.

Проте князь уже стояв на землі і в його руках невідомо яким дивом опинився мисливський ніж. За мить усе було скінчено. Дика кішка, судомно шкрябаючи землю величезними, як людська долоня, пазурами, відкотилася набік і завмерла. Мономах, мовби нічого й не трапилося, витер ножа об пучок трави, заховав його в піхви, і лише потому глянув на звіра.

— Дивно, — сказав він. — Наскільки я знаю, без причини вона на людину не нападає. Втім... — він носаком чобота перевернув рись на інший бік і всі побачили накінечник стріли з обламаним охвістям, що стирчав поза вухом. — Тепер усе зрозуміло. Біль довів її до нестями. Це ж хто у вас так невміло стріляє?

— Гм-мм, — прокашлявся Муровець.

А дід Овсій люто глипнув на Олешка. Проте змовчав, лише нечутно прошепотів щось самими вустами.

На жаль, всього цього Вітько не бачив. Дід Овсій не взяв його з собою до Сули.

— Нічого тобі зайвий раз мозолити князеві очі, — сказав він. — Бо мало що може бути...

Тож Вітько так і не зрозумів, чому Попович повернувся до Воронівки мов у воду опущений.

Проте невдовзі він знову став схожий на того Олешка, до якого всі звикли. Хіба що на другий день запропонував Вітькові прогулятися до лісу.

Там він вибрав велику галявину і звелів Вітькові попереджати, коли наближатиметься хтось із дружинників. А сам намалював на одній з дубових гілок хижу котячу пику і майже до вечора пускав у неї одну притуплену стрілу за іншою. І з-під руки стріляв Олешко, і з розвороту, і з коліна, і з підстрибом, і на скаку. Зупинився лише тоді, коли стріли сім разів підряд вп'ялися прямісінько в котячий писок.

— Ну, попадешся ти мені тепер, — пригрозив він.

Проте кому саме, так і не сказав. Мабуть, тому, що заходився витягувати стріли з дерева. А це було нелегко, навіть не зважаючи на те, що стріли були затуплені.

ГОПАК ЧИ КАРАТЕ?

Вітькові снилася мама. Вона шукала свого єдиного сина. І в кімнатах дивилася, і до повітки зазирала, і вибігала на вулицю. Проте марно — його, Вітька, ніде не було. А він сам ніби дивився на маму звідкілясь збоку і в нього аж серце розривалося від жалю до неї...

Прокинувся Вітько від того, що його хтось торсав за плече.

— Синку, що з тобою? — стривожено запитала тітка Миланка. — Стогнеш так, що аж душа обривається.

— Маму... шкода... — сказав Вітько і несподівано для самого себе схлипнув.

Тітка Миланка тяжко зітхнула. Від брата вона вже довідалася про те, чим закінчився похід до Змієвої нори.

— Що поробиш, синку, — сказала вона. — Мабуть, судилося тобі залишитися у нас. От і мій Мирко десь...

І гаряча сльоза упала Вітькові на щоку.

А вранці біля воріт засвистів соловейком Олешко Попович. Росанка визирнула з повітки, насмішкувато поцікавилася:

— А що це ти розтьохкався з самого досвітку? Гадаєш, як Змія побив, то вже тобі все й дозволено?

— Та... я тут Миркового коня привів. Щоб не біг Мирко на своїх двох до Городища.

— А раніше не міг прийти? Він же ще й не снідав.

— Та я — що? Я його не підганяю. Я тут зачекаю.

— Що ти, доню, кепкуєш з людини? — подала голос з клуні тітка Миланка. — Краще б запросила Олешка до хати. Пощо йому стовбичити під ворітьми? Заодно й поснідає з Мирком.

Двічі Олешка запрошувати не довелося.

Коли вибралися з дворища, Олешко тихо сказав:

— Слухай, Мирку... Може, мені того Змія ніби ще й полонити?

— Як це — ніби? — не зрозумів Вітько.

— А так. Учора я його ніби побив. А оце подумав, що, може, мені його ніби й полонити?

— А навіщо?

— Як навіщо? Щоби рознести про це по всіх усюдах. І коли нам доведеться непереливки — хай знають чужинці, що варто мені лише свиснути — і він одразу ж з'явиться і прийде нам на поміч. Ну, то як — гарно я придумав?

— Не знаю... — нерішуче відказав Вітько. — Полонити для того, щоб половці боялися на нас нападати? Мабуть, непогано...

Олешко задоволено поплескав Вітька по плечу.

— Добре мати справу з розумними людьми, — сказав він.

Молодша дружина на чолі з Лидьком уже відхекувалася біля брами. Над хлопцями здіймалася пара.

— Ми тут трохи побігали, — пояснив Лидько, щойно Олешко з Вітьком зіскочили з коней.

— Молодці, — похвалив їх Попович. — А тепер — боротися!

Хлопці миттю розбилися на пари і міцно охопили один одного руками. Хлоп'ячі обличчя розчервонілися з натуги. Перший подолав свого суперника Лидько. Власне, він просто притис його до себе, тоді підняв, як лантуха з половою, і поклав на землю. Після цього Лидько відійшов убік: боротися йому було ні з ким.

Інші хлопці виявилися приблизно однаковими за силою і спритністю. Вони вперлися один в одного лобами, пирхали, штовхалися... Проте ніхто не збирався першим падати на траву.

— А ти чого дивишся? — гукнув Олешко до Вітька. — Ану, покажи Мусі, на що здатний!

Муха — це той, кого Лидько щойно подужав. Але то лише здавалося, ніби Муха слабак. Проти Лидька — звісно, а от коли він обхопив Вітька... Вітько одразу відчув, що Муха значно міцніший за нього. З ним, мабуть, сам Ігор Мороз не одразу впорався б.

Проте боротися так, як борються зазвичай у третьому тисячолітті, Муха не вмів. Він, як і Лидько, думав лише про те, як підняти суперника в повітря і затим кинути на траву.

І це йому майже вдалося. Лише в останню мить Вітько якимось дивом вислизнув з чіпких обіймів Мухи.

— Непогано, — зауважив Олешко.

І знову Муха, як молоденький бичок, пішов уперед. Вітько відчув, що в нього от-от затріщать кісточки. З усієї сили натис долонями на підборіддя суперника. Муха з несподіванки послабив обійми і Вітько знову вислизнув з його рук.

— Це неправильно, — ображено сказав Муха. — Хіба так борються? Ти ж не борешся, а втікаєш.

— То зроби так, аби він не тікав, — порадив Олешко.

Муха витер чоло і знову завзято посунув на Вітька. Але замкнути обійми на спині супротивника не встиг, бо Вітько перехопив його правицю, тоді блискавично пірнув йому під плече. Муха й незчувся, як уже лежав на спині і ошелешено розглядав пухнасті хмарки, які в цей час зупинилися над Городищем.

— Ого! — скрикнув Олешко. — Як це ти так зумів, га?

Вітько повторив прийом. Муха розлютився і стис кулаки.

— Ич, який меткий та удатний, — застеріг його Олешко. — Зачекай з кулаками... Ану, парубки, хто хоче стати проти Мирка замість Мухи?

Першим зголосився Лидько. І тут Вітько перевершив самого себе. Лидько, котрий теж понадіявся на свої сили, лише п'ятами зблиснув у повітрі.

Олешко ляснув долонями об поли.

— Го-го-го! Беркицьнувся, наче лантух з обмішками! — вражено заволав він. — Як це тобі вдалося?

— Дуже просто, — відказав Вітько, втішений такою увагою. — Це прийомчик такий. Називається — кидок через стегно.

— Прийомчик?.. А ти не можеш показати його на мені?

Олешко виставив уперед руки, пригнувся і рушив до хлопця. Вітько повторив свій прийом.

— Ага... ти мене смикаєш до себе, а я, дурний, і радію, — сам собі пояснював Олешко Вітькові дії. — А тепер як? Ого, теж трохи не беркицьнувся! — вдоволено зазначив він, коли Вітько спробував і його перекинути через плече. — Ану, спробуй ще раз...

Ще і ще показував Вітько свій прийом, аж поки добряче не вхекався.

— Все зрозуміло, — нарешті сказав Олешко. — А тепер, хлоп'ята, покажімо й ми, на що здатні.

Олешко вихопив з піхов меча. З вигуком «Гоп!» підніс його над головою, мовби відбивав удар супротивника і блискавично присів. Тоді, мов гумовий, злетів високо в повітря, вигукнув: «Кий!» і з силою викинув уперед праву ногу.

Знову прикрився мечем, присів. Знову злетів у повітря і, наче косою, махнув уже лівою ногою.

— Гоп! Кий! — вигукував щоразу. — Ну, як, уміють у вас таке?

Вітько лише стенув плечима. Щось подібне він бачив. Але де і коли? Нарешті здогадався.

— Та це ж гопак! — скрикнув він. — Це ж танець такий!

— Танець? — здивувався Олешко. — Який ще танець?

— А ось такий, — відказав Вітько і пішов навприсядки, як їх навесні навчав учитель танців.

Спочатку Олешко витріщився на хлопця, мов на якусь дивовижу. Тоді зареготав так, що ледь не повалився на траву.

— Воно й видно, що танець! Ти ж викидаєш ноги, мовби три дні нічого не їв!

— А навіщо їх викидати?— здивувався Вітько.

Тепер уже й решта хлопців ледь не попадали зі сміху.

— Як навіщо? Ти що — чужинця гладити збираєшся, чи як?

— А до чого тут чужинці?

Олешко лише руками розвів.

— Ну, Мирку... Ти що, не розумієш?

— Ні, — зізнався Вітько.

— Тоді уяви собі, що переді мною два половці. Один спереду тисне, другий підкрадається збоку. То я від одного прикриваюся мечем, а щоб інший не зітнув мені голову, чимшвидше присідаю. Розумієш? А щойно їхні шаблюки просвистять наді мною — підстрибую і, наче києм, вдаряю найближчого половця ногою. Та так, щоб з нього й дух вилетів. І переді мною зостається лиш один бусурман... Тепер скумекав, що й до чого?

— Оце класнючо! — захоплено сказав Вітько.

— То ж бо й воно... Кваснючо, як ти кажеш. Ану, хлопці, повторюйте за мною... Гоп!

— Гоп! Кий! — загуло межи хлопців. — Гоп! Кий!

А Вітько стояв і лише глипав на той чудернацький танок, від якого чужинцям стає млосно. Трохи згодом до нього дійшло, що цей танок нагадує йому не лише гопак. Щось інше він бачив, щось таке... Але що саме?

І тут його наче по голові вдарило: та це ж карате! Можливо, трішечки й не таке, як показують по телевізору, проте ніякого сумніву — це карате, або точніше — гопак-карате!

— Ну, то як? — запитав Олешко, чи не всоте злітаючи в повітря. — Кий!

— Чудово! — щиро визнав Вітько. — Тільки... половці ж пішки не ходять. Вони на конях сидять.

— Звісно, на конях! Інакше чого б я ото так високо стрибав... Гоп!

КОЛИ КОЖУМ'ЯКА ЗДОЛАВ ГОЛОВНОГО ЗМІЯ

Хлопці лежали на траві і важко відхекувалися. Веселий танець гопак забирав сил не менше, ніж забіг над Байлемовим ставком з важкими каменюками в руках.

Через місток неспішно проїхав дід Овсій. Побачивши хлопців, звернув з дороги. Присів поруч з Вітьком і співчутливо похитав головою.

— Нічого, парубки, тримайтеся, — сказав він. — Потім легше стане. По собі знаю.

— Ніж ото зітхати над хлопцями, краще б розказали їм щось цікаве, — подав голос Олешко.

— А що ж, можна, — згодився дід. —Але про що?

Хлопці поволеньки приходили до тями. То один, то інший підводився з трави і підсідав ближче до діда.

— Про печенігів я вже розказував, — вголос розмірковував дід. — І про князів наших ви чули. І про те, як землю руську краяли на країни...

— Про Змія розкажіть, — сказав Олешко. — Про того, що його у Києві сам Кожум'яка здолав.

При цих словах хлопці з цікавістю зиркнули у Вітьків бік. Ще б пак — вони лише чули про Змія, а він його бачив на власні очі!

— Можна і про Змія, — охоче згодився дід Овсій. — Тільки довга буде моя розповідь.

— Ну то й що? — відказав Муха.

— Ми нікуди не квапимося! — підтримали його інші хлопці.

Олешко на те лише посміхнувся.

— От же капосні! — сказав він. —Їм що завгодно, аби не бігати.

— Не всі ж такі проворні, як ти, — заступився за хлопців дід Овсій і зручніше вмостився на траві. — Ну гаразд, слухайте.

Гарно оповідав дід Овсій. Майже так, як у справжній казці про Кожум'яку, що її Вітько востаннє прочитав місяць тому. Хіба що закінчення у дідовій казці було інше.

— Отож після того, як Кожум'яка під славним Києвом здолав Головного Змія, — вів дід Овсій, — його змієнята з переляку розбіглися, хто куди. Дехто в нору сховався, дехто в ліси та болота неприступні подався, дехто взагалі в інших землях опинився. Проте час від часу визирають ті змії та змієнята зі своїх нір: чи не перевелися ще богатирі у землі Руській, чи не знесилилася вона від воєн та чвар? Отоді і виповзуть вони знову на цей світ...

— І один із тих Зміїв оселився біля Сули, — здогадався хтось за Вітьковою спиною.

Дід Овсій кивнув головою.

— Схоже на те. І кожні шість чи скільки там десятків літ визирає зі своєї нори. Винюшкує, що до чого. Визирне — і заховається. Визирне — і знову щезне. І так тричі підряд за якийсь місяць. А через шістдесят літ — знову за своє.

— І хапав когось? — запитав Муха.

— Та як сказати... От я від батька свого чував, що сто чи й більше літ тому було таке. Верталася наша дружина зі Степу. Перейшли хлопці Сулу і зупинилися. Хто заходився купати коня, хто — раків та в'юнів ловити у Стариці. А інші знічев'я затіяли змагання на мечах. Саме біля тієї нори. І раптом звідтіля долинув людський крик. Жінка кричала, чи дитина. Та так, що у воїв наших волосся сторчма стало... Напевно, піймала підла тварюка когось...

«То, мабуть, баба тітки Горпини зарепетувала, — здогадався Вітько. —Їй здалося, ніби чорти в пеклі б'ються...»

— Отаке було... А шістдесят літ тому батько мій вже на власні очі бачив, що може натворити той Змій... Стояв він саме он там, — дід повів бровою у бік спостережної вежі, що височіла над Городищем. — Спостерігав, що діється на Сулі та поза нею. Бо в усі часи, знаєте, багацько було всілякого люду, ласого до руського хліба та худобини.

Отож стоїть він на вежі, аж бачить — за Сулою ніби курява знялася. Забив батько тривогу, кинулася римівська дружина до коней. А печеніги — бо половців тоді ще не було — вже Сулу перепливли. Якраз там, де зараз Змієва нора. Проте далі не рушили. Потупцювали там, потупцювали — і наче їх корова язиком злизала. А чому чкурнули — дізналося батькове товариство лише через місяць, коли захопило в полон кількох печенігів. Виявляється, гналися ті за якимось утікачем. Настигли його саме біля Змієвої нори. А вона якраз відкрилася. Втікач — туди. Звісно, і переслідувачі за ним поплуганились. З десяток їх було, не менше...

Дід Овсій замовк і окинув поглядом товариство: цікаво йому чи ні?

Товариство сиділо, роззявивши роти.

— І все — пропали і втікач, і печеніги,— вів дід далі. — Лише один з того десятка вибрався. Та й то незабаром умер. В степу ходили чутки, що він помер від отруйних Змієвих укусів. Та все ж встиг перед смертю повідати, що вони вибралися за втікачем на той світ. Спочатку потрапили у якийсь яр, а з нього вихопилися на битий шлях. Аж тут сталося щось жахливе. Ніби одночасно гримнуло десять громів над головою, і десять блискавиць вдарило вогнем просто ув очі... То десять Зміїв накинулося на них. І ні стріли їх не брали, ні списи, ні мечі...

Вражені такою оповіддю, хлопці довго мовчали. Мабуть, уявляли собі, що воно таке — десять громів і десять блискавиць одразу.

«То, здається, печеніги наскочили на німецькі танки», — здогадався Вітько.

— А що буде, коли той Змій все ж таки вилізе? — несміливо поцікавився один з хлопців.

— Погано буде, — зітхнув дід Овсій. — Охо-хо! І так невідомо, як дати раду з половцями, а тут ще й змії...

— А ти як гадаєш? — звернувся до Вітька Лидько. — Вилізе Змій чи ні?

—Не вилізе, — твердо відказав Вітько. Здається, це було єдине, що він знав напевно.

— Чому?

— Бо... бо побоїться.

Хлопці полегшено зітхнули.

Олешко підморгнув Вітькові.

— Ще б не боятися, — втрутився він. — Либонь, здогадується, що непереливки доведеться, коли висуне у наш світ свою гидку пику. Хоча, по правді, далеко не кожен зголоситься стати з ним на прю. Нащо вже я, та й то жижки затремтіли, коли його побачив. Як звати того Змія? — звернувся Олешко до Вітька. — Підкажи, бо щось ніяк не запам'ятаю.

— Вертоліт.

Олешко зневажливо сплюнув на землю.

—Тьху! Сам погань і ім'я таке ж.

— А який він на вигляд? — запитав хтось із хлопців.

Олешко відповів не одразу.

— Ну, як би тобі сказати... — почав він. — Розумієш, летить щось отаке товстелезне... — Олешко широко розвів руками. — Хвостисько у нього, мов колода. Крила... крила в нього миготять так швидко, що їх майже не видно. А що вже реве! Як сто голодних бугаїв.

— А зуби у нього які?

— Отакі, — сказав Олешко і показав ліктя. — Ну, може, трохи менші, — уточнив він. — Але не набагато.

— Ого! — вихопилося у Мухи. — А ти зміг би його подужати?

— Хто його зна. Коли б накинувся він на мене, тоді було б видно. Але він промайнув над яром, куди я виліз, і щез. Хотів я погнатися за ним, але ж був піший. А що ж то за гонитва пішого за крилатим? То я постояв-постояв, та й поліз назад. — Олешко почухав потилицю. — Ну нічого, іншим разом здибаємося, отоді й розберемось, хто кого.

Хлопці з захватом дивилися на молодого богатиря. От який сміливець цей Олешко Попович — трохи не став на прю з самим Змієм!

ХТО ЦУПИТЬ ЧЕРЕШНІ

Прокинувся Вітько від приглушених голосів.

— Та нехай ще поспить хоч трохи, — вмовляла когось тітка Миланка. — Воно ж, сердешне, так намучилося за ці дні...

— Не розніжуй хлопця, сусідко, — відказав на те голос діда Овсія. — Не на користь йому таке, повір, не на користь.

Вітько не став чекати, доки його розбудять. Потираючи очі, він вийшов на подвір'я.

— Прокинувся, синку? — всміхнулася до нього тітка Миланка. Вона саме несла кошовку з яйцями.

— Прокинувся, — відказав Вітько і солодко по-
зіхнув.

— Ну й добре. А то дідо Овсій хочуть тобі роботу
загадати.

Дід Овсій стояв коло перелазу. Невисокий, у сво-
єму солом'яному брилі він скидався на домовика.

— Еге ж, — підтвердив дід Овсій. — Думаю оце
тим харцизякам з Городища віднести трохи чере-
шень. Та вже не ті літа, аби білкою по деревах гасати.
То, мо', допоможеш?

Довго вмовляти Вітька не довелося. Вже не раз
і не двічі задивлявся він на ті черешні, що росли на
дідовому дворищі. Високі, з рідким розлогим гіллям,
вони були густо всіяні великими бурштиновими
ягодами. Такі черешні у їхній Воронівці росли хіба
що у пасічника діда Трохима. А смачні ж, як мед!
Особливо ті, що потріскалися. Навколо них завжди
кружляли хмариська бджіл.

До черешень діда Овсія через тих бджіл теж не
можна було протовпитися. На щастя, напившися
соку, вони ставали лагідні і жалили неохоче.

Вітько вже знав, що колись, дуже давно, дід
Овсій привіз із далекого походу на Дунай жмень-
ку кісточок і висадив їх біля своєї хати. Виросли
дерева на диво. Лидько казав, що не тільки в Ри-
мові, а й у самому Переяславі таких ягід ніхто не
бачив.

Дід Овсій провів Вітька до дерев, під якими вже
стояли два кошики. Тицьнув пальцем у найближчу
черешню.

— Бач, — сказав він сумно. — Цікаво б дізнатися, чия це робота.

Дві нижні гілки були геть обчухрані. На них залишилося всього кілька листочків.

— Ну, нічого, — погрозливо пробурмотів дід. — Розберуся, хто тут шкоду чинить. Ой, розберуся... А ти починай з вершечка, — наказав він Вітькові. — Бач, птахи там майже все склювали.

І справді, на вершечку черешні розбишакувала сім'я сойок. Вітькову появу вони зустріли хрипкими обуреними криками. Одна з сойок навіть намірялася поцілити йому в тім'я. Скидалося на те, що сойки вважали черешню своєю власністю і ділитися нею не збиралися. Вони розлетілися лише після того, як Вітько кишнув на них і замахнувся кошиком.

Цілий ранок Вітько не злазив з черешні. І зовсім не тому, що там йому сподобалося.

— Діду, мене ж чекають, — кілька разів заводив він.

Проте дід Овсій лише рукою махав:

— Нічого їм не станеться. Чекали п'ять літ і ще трошки пождуть. Ти ж бо не ніжишся в постелі, ти діло робиш! І не бійся, поїдеш зо мною. А я, коли що — в обиду тебе не дам.

Дід Овсій теж не сидів без діла. Він був зайнятий важливою справою — щось уважно роздивлявся на землі.

— Є! — нарешті вигукнув він. — Ти диви, а я спочатку гадав, що то робота таких жевжиків, як ти чи Лидько з Мухою!

— То не я, — про всяк випадок відмежувався Вітько від жевжиків.

— Та вже бачу. Тут хтось із дорослих побував, не інакше. Бачиш, які сліди?

І справді, неподалік від черешень виднілося кілька слідів. Не досить виразних, проте розібрати їх можна було. У кожен слід поміщалося чи не два Вітькових.

— А ось тут ніяк не розшоломкую, — гомонів дід сам до себе. — Ніби теж сліди, але — чиї? Буцімто хтось віниччя до ніг поприв'язував. Хитра, видать, штучка тут побувала! Та нічого, я її виведу колись на чисту воду. Осоромлю так, що в самому Переяславі сміятимуться. Ич, здитинилося!

Сонце вже викараскалося досить височенько над Римовим, коли Вітькові було дозволено злізти з черешні. Дід Овсій перекинув кошики через сідло, взяв коня за вуздечку і вони подалися на Городище.

Першим, хто їм зустрівся, був Олешко Попович. Він з докором подивився на Вітька, затим перевів погляд на сонце, що стояло майже прямовисно над Городищем.

— І де це тебе цілий день носило, небораче? — запитав Олешко. Проте одразу ж погляд його зупинився на кошиках. — А це що, діду? Кому везете?

— Та вашим же лобурякам, кому ж іще, — не надто ввічливо відказав дід. Він усе ще не міг заспокоїтися через ті сліди.

— О! Тоді давайте мені першому! — зажадав Попович і простяг руку.

Проте дід Овсій не поспішав пригощати Олешка. Він зміряв його з голови до ніг, затим звелів:

— Ти мені спочатку ліву ратицю покажи!

— Навіщо? — здивувався Олешко.

— Показуй, показуй... Ніколи мені з тобою тут теревені розводити!

Олешко стенув плечима. Та все ж ногу підняв.

Дід Овсій прикипів поглядом до підошви. Тоді витяг з-за очкура черешневий прутик і приклав його до Олешкового чобота. Прутик вліг точнісінько на підошву.

— Так-так-так... — загадково почав дід Овсій. Потому схопив Олешкову ногу і почав трусити її так, наче збирався відірвати від тіла. — То це, виходить, була твоя робота? Твоя, харцизяко?

— Та ви що, діду? — здивувався Олешко. Він стрибав навколо діда на одній нозі, мов гусак навколо зашморгу. — Ви що — блекоти скуштували? То скажіть, а ногу нічого викручувати!

— Це я блекоти скуштував? — Дід Овсій, схоже, розлютився неабияк. Він вихопив з-за пояса нагая і замірився ним на одноногого Поповича. — Я сказився, так?

Олешко різко відсахнувся і звільнив ногу.

— Ну, діду, ви вже зовсім... того, — сердито сказав він. — Я ж можу і не подивитися на ваші сиві вуса. Я, може, теж схоплю вашу ногу...

Закінчити Олешко не встиг. Дід Овсій розмахнувся — і в повітрі лунко ляснув нагай. Олешко ледве встиг ухилитися.

— А що це ви мені, діду, військо розганяєте? — пролунав над їхніми головами густий голос Іллі Муровця. Вітько і не зауважив, коли той підійшов до них.

— Злодія розшукав, Ільку, — войовниче відказав дід Овсій. — Розшукав, а тепер провчити хочу.

— А що він такого вчинив? — здивувався Муровець. — Корову звів з дворища? Хату підпалив?

— Та ні, тоді б я з ним не так розмовляв. Дві гілки на черешні геть обчухрав, нечестивець!

— Ну, знаєте, діду! — вкрай обурився Олешко. — Говоріть, та не забалакуйтеся! Я до ваших гнилих черешень і близько не підходив!

— А оце що таке? — Дід помахав прутиком перед Олешковим носом. — Це що, брехло довготелесе, га? Ні-і, довжину твого сліду я зняв! І в лівому чоботі в тебе є колючка, еге ж?

Олешко підняв ногу, глянув.

— Ну, є.

— І на тих слідах її відбиток теж є. То хто сьогодні уночі був у моєму дворищі? Хто, питаю тебе?

Олешко мовчав. Обличчя його побуряковіло. На гамір почали збігатися дружинники. Весело гиги-каючи, вони вслухалися в кожне слово войовничого діда Овсія.

— Кг-мм... — прокашлявся Ілля Муровець. — За такі речі, звісно, по голові не гладять. Ви, діду, ось що зробіть. Коли зловите його ще раз, то стягніть з нього порти і добряче відшмагайте кропивою. Там у вашому кутку є підходяща...

— А ти звідкіля про неї знаєш? — підозріло втупився дід у Муровця.

— Кг-мм... Я все мушу знати, діду. А ти, Олешку, щоб мені діда і пальцем не чіпав, чуєш?

— Чую, — відказав Олешко. І тихо, щоб не почув дід, додав: — Він мені треба, як корові вуздечка...

А дід Овсій, трохи втішений тим, що знайшов злочинця, заходився щедро обдаровувати дружинників. Першим підставив пригорщу Ілля Муровець. У ній вмістилася ледь не третина кошика.

— Ану, небоже, допоможи, — звернувся Муровець до Вітька. — Збігай-но по шолом. А то, бачиш, руки в мене зайняті.

Черешні Муровець обережно зсипав до шолома і лише потому заходився ласувати ними. Брав по одній ягідці, вкидав у рот і аж очі заплющував від насолоди.

— Смакота! Ну, діду, порадували ви нас! Гей, хлопці, цур, кісточки не викидати! Я дуже люблю ті зернята, що всередині.

— А мені, діду? — нагадав про себе Олешко.

Проте дід у відповідь скрутив йому велику дулю.

— Нізащо постраждав, — поскаржився згодом Олешко Вітькові. — Слово честі, я до тих ягід навіть близько не підходив!

— Але ж твої сліди там були, — заперечив Вітько. — Я своїми очима їх бачив... Слухай, а може, хтось уночі взувся в твої чоботи, коли ти спав, га?

— Може, — легко згодився Олешко і скуйовдив волосся на Вітьковій голові. — Все може бути.

ВЕДМІДЬ, ЩО ВМІЄ РОЗМОВЛЯТИ

Увечері дід Овсій довго зітхав і скаржився на здоров'я.

— А найгірше, Мирку, те, що уночі кепсько став бачити, — зітхав він. — Справжня тобі куряча сліпота напосілася. Стовбура угледю лише тоді, коли втелющуся в нього лобом.

Дід змовк. Мабуть, уявляв, як це в нього виходить.

— То чи не зміг би ти замість мене посторожувати у садку, га, Мирку? — попрохав він. — Власне, робити там нічого. Лише дивитися, хто в сад залізе, і всі клопоти. А я вже з тим зайдою вранці сам побалакаю... Ну то як, згода?

— Та я... — затявся Вітько. — Я б з радістю. Але що скажуть тіт... мати і Росанка? Вони ж, мабуть, не випустять мене з хати.

— То вже моя турбота, хлопче, — заспокоїв його дід Овсій.

Отож пізно ввечері Вітько опинився на сіні біля повітки. Спочатку він намагався чергувати чесно: до болю в очах вдивлявся в темряву, прислухався до кожного шурхоту. А тих шурхотів було і було...

Скреблися миші в сіні. Потім до стіжка підкотився темний клубок і сердито запирхав. Кілька разів з темряви у Вітьків бік поблискували чиїсь очі, і хлопець пошкодував, що поруч немає Бровка. Той ще звечора кудись завіявся за наказом діда Овсія. Згодом почало різати очі. Вітько й незчувся, як вони заплющилися самі по собі.

А вночі чи то наснилося, чи, може, він на мить прокинувся, — але йому здалося, ніби з того краю дідового городу щось промайнуло і розчинилося в темряві.

— Ну то як? — запитав уранці дід Овсій. — Ніхто не приходив?

— Ніби ніхто, — відказав Вітько і голосно позіхнув. Усім своїм виглядом він намагався показати, що ні на хвильку не склеплював повік і тому так втомився, так втомився!.. — Хіба що майже під ранок отам, — він показав на той край городу, — ніби якась тінь з'явилася. Постояла-постояла та й щезла. Така нагорблена й велика.

— Невже ведмідь? — здивувався дід Овсій. — Минулого літа я його відгонив кілька разів. А він, виходить, знову унадився.

Вітькові похололо у грудях і сонний настрій щез. Отакої! Йому ще ведмедя бракувало!

Дід Овсій обійшов довкола черешень.

— Ніби все гаразд, — задоволено зауважив він. — Жодного сліду. Спаси тебе Бог, Мирку! А за таку службу полізь та нарви собі ягід. І про мене не забудь.

Потім вони сиділи поруч, ласували черешнями і змагалися, хто далі стрельне кісточкою. Закінчилося тим, що дід Овсій ненароком влучив кісточкою в білу кофтину тітки Миланки і та розігнала їх по домівках.

Наступної ночі дід знову випросив дозволу у тітки Миланки на Вітькове чергування. Тепер Вітько йшов на нього без особливого бажання. А що, коли ведмедеві ще раз заманеться навідатися до дідового дворища? Вітько загикнувся було щодо Бровка, але даремно — той знову кудись щез.

Проте першим з'явився не ведмідь. Не встиг Вітько вирити в сіні зручне кубельце, як з боку пустирища здійнялася чиясь тінь і почулося глухе гупання. Потому тінь звелася з землі і рушила у Вітьків бік.

У хлопця завмерло серце. Проте тінь промайнула за кілька кроків од нього, тоді сховалася за повіткою, в якій ремиґала корова, і тихенько тьохнула

соловейком. А за якусь мить на порозі ніби вроди-
лася Росанка.

— Чого розсвистівся? — пошепки запитала вона.

Вітько перевів дух. Це, виявляється, був Олешко
Попович!

— Ну чого ти така? — несміливо мовив Олешко.

— Яка? — задерикувато відповіла Росанка і ру-
шила до воріт, де лежала товстелезна колода.

— А така. Я до тебе з усією душею, а ти...

— Що — я?

— Та... нічого, — відказав Олешко і зітхнув так, аж
Вітькові стало шкода цього дужого і завжди весе-
лого парубка. Ет, якби ж то здогадувалася Росанка,
з ким вона оце усілася поруч на колоді і з кого так
жорстоко кепкує! Через дев'ятсот років про Олешка
Поповича в школах будуть вивчати і, може, дехто
не одну двійку отримає через нього. А їй, бач, усе
смішки!

Олешко тим часом почав розповідати Росанці
про велике й чудове місто Переяслав, про те, які там
гамірливі ринки, смачні страви і вродливі дівчата.
І так вже розповідав Олешко, так вже розливався
соловейком, що Вітькові аж засвербіло у п'ятах від
бажання побувати у тому славному Переяславі, ще
раз поглянути на переяславського князя Володи-
мира Мономаха і скуштувати ласощів з далекого
Цареграду.

— То чом же ти від тих переяславських дівчат
утік до Римова? — ушпигнула Поповича Росанка.

— Не втік я, — розважливо відказав Олешко. —

Служба в мене така. Та й які там дівчата! А ти... закохувалася у когось?

Росанка засміялася.

— То вже моя справа. А навіщо тобі про це знати?

— Та... я просто так...

А Вітькові чомусь пригадалася Наталя Задорожна з його класу. Теж... така ж язиката. І звідкіля в дівчат беруться такі злі язики? Ти до них... ну, від усього серця, а вони...

Росанка підвелася.

— Холодно вже,— сказала вона. — Та й уставати рано треба.

— Посидь ще трохи, — попрохав Олешко.

— Ні, пізно вже. Та й ти йди собі. Думай про своїх переяславських дівчат.

— Бач, яка ти... — зітхнув Олешко. Він звівся на ноги і поволі рушив у бік дідового дворища, за яким починалися нічийні чагарі.

— Та куди ж тебе понесло? — зупинила його Росанка. — Хочеш, аби дід Овсій знову ганявся за тобою через оті ягоди? Чи, може, ти їх і справді рвав?

— Та ти що! Хай вони скиснуть йому, оті черешні!

— То ось тобі хвіртка...

І знову навколо Вітька запала тиша. І знову підкотився до стіжка клубочок-їжачок. І знову защипало в очах...

Та раптом сон відлетів. Над чагарниками звелася чиясь велетенська постать. Як і Олешко, перестрибнула вона через дідів тин. Проте гупнула так, що по земній тверді ніби брижі пішли. Затим постать звелася на ноги і поволеньки, сторожко зупиняючись на кожному кроці, рушила до дідових черешень.

«Ведмідь», — промайнула у Вітьковій голові сполохана думка. — А що, коли йому не вистачить ягід?»

Вітько боявся поворухнутися. Боявся навіть зітхнути на повні груди — усі ж бо знають, який у ведмедів чудовий слух. Ет, і навіщо він згодився сторожувати?

А ведмідь почувався у дідовому садку господарем. Він повагом походжав між черешнями, підводився навшпиньки, нагинав одну гілку за іншою...

— Смакота! — раптом сказав ведмідь.

І від того голосу всі страхи миттю покинули Вітька. Та це ж ніякий не ведмідь, це Ілля Муровець!

Вітько звівся на лікоть і стежив, як ходить під черешнями Муровець, як важко підстрибує, намагаючись дістати гілку, — і чомусь йому стало шкода цього славетного велета. Ну, не зовсім шкода, а так, трохи... У кожної людини, мабуть, є свої слабини.

У Вітька вони теж були. І називалися його слабини київською помадкою. Зрідка ті цукерки, схожі на рожеві, блакитні, зеленуваті грибні шапки, привозили до їхньої Воронівки з райцентру. І Вітько ладен був тоді стояти під дверима крамниці хоч з ранку до вечора. Дарма, що мама казала, ніби цукерки шкідливі для зубів.

Та, виявляється, такі слабини є й у дорослих. Навіть у Іллі Муровця. І називаються ці його слабини черешнями.

Проте які ж то черешні знизу? Ніякого смаку порівняно з тими, що на вершечку. Треба обов'язково допомогти такій славетній людині!

Вітько зіслизнув з копички сіна. Тоді перебрався через перелаз у город діда Овсія, підійшов ззаду до Муровця і спитав:

— Що ж ви знизу рвете? Там же...

І тут сталося непередбачене. Ніким ще не подоланий велет раптом зойкнув, на мить пригнувся, мовби очікуючи удару, тоді стрибнув убік, мов наполоханий заєць. Хіба що на відміну від зайця, під його ногами гойднулася земля.

— Ну, Мирку, ну, харцизяко... — тихо проказав Муровець, тримаючись рукою за серце. — Ще жоден полинець мене так не лякав, як ти. Я гадав, що це дідо Овсій... Хіба ж так можна?

А Вітько не міг навіть слова вимовити. Його аж тіпало від сміху. Він лише попискував і тримався за живіт. Оце так Муровець, оце так непереможний!

— Ти — що? — запитав Муровець.

— Та ви... як ви стрибали... — ледве вичавив з себе Вітько. — Як заєць...

За якусь мить до Вітькового повискування додалося віддалене вертольотне гуркотіння. То сміявся Ілля Муровець.

— То я вам краще з верху нарву, — відсміявшись, сказав Вітько.

— Еге ж, нарви, — згодився Муровець. — Бо я вже боюся до того гілля й торкатися. Ледь що — одразу ламається.

І Вітько без жодного докору сумління подерся на вершечок черешні. Не збідніє дід Овсій від якоїсь жмені ягід! Щоправда, та жменя виявилася розміром з Вітькову пазуху.

А за якихось півгодини Ілля Муровець, зручно умостившись під копичкою сіна, кидав у рот черешеньку за черешенькою і радів як хлопчисько.

— Лепсько ми з тобою натягли носа дідові, еге ж? Це йому за всі його потиличники!

— То він що — і потиличники вам давав? — не йняв віри Вітько. — Вам, Іллі Муровцю?

— Ще й яких! Ох і лютий же був дід Овсій! Ледь що — одразу за кропиву. А коли я підріс — то за голоблю. А що вже окатий — наскрізь тебе бачить! Але я все одно його перехитрив, — приглушено загигикав Ілля Муровець і показав Вітькові чоботи, до яких були прив'язані дві добрячі в'язки хмизу. — Ніколи дідо не здогадається, що це був я. А Олешко? Бачив, як дідо його спіймав за ногу? Стрибав, мов той гусак!

І знов у нічну темряву полетіло тихе вертольотне гудіння.

Коли Ілля Муровець пішов з дворища, Вітько ще довго здригався від стамованого сміху. Так і заснув, здригаючись.

Прокинувся він від голосної розмови, що долинала з вулиці. Біля воріт стояв дід Овсій. Перед ним на вороному ваговозі височів Ілля Муровець.

— Ну то як, діду, сьогодні вночі ніхто вас не турбував? — цікавився Муровець.

— Та знову той песиголовець Олешко пробирався через обійстя, — поскаржився дід Овсій. — Хоча до черешень, слава Богу, не завертав. І все ж, — дід притишив голос, — хтось іще, Ільку, сюди приходив.

— І що, обірвав усі ягоди? — жахнувся Муровець.

— Та не розберу. Ніби обривав, а ніби й ні. Хіба що сліди якісь чудернацькі залишив. Але що за сліди — ніяк не рознюхаю.

— То нюхайте, діду, уважніше. І коли що — мерщій до мене. Я тому песиголовцю ноги повисмикую. Ич — діда ображати!

Ворухнув поводом і поїхав далі — величезний і насуплений. І ніхто не сказав би, що лише кілька годин тому він був геть інший.

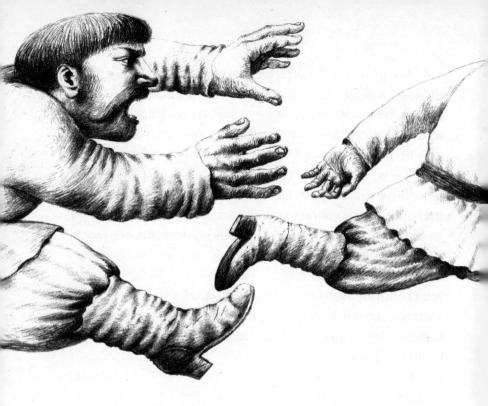

НАВЧИВСЯ НА СВОЮ ГОЛОВУ

— Ех, ти, — докірливо зауважив Лидько. — Зброю треба тримати міцніше. Ану, ще раз!

Вітько вже без жодної радості підняв свого меча, котрий від Лидькового удару відлетів далеко вбік. Він змокрів як миша. Боліла рука, саднило в плечах і на стегні — у тих місцях, до яких доторкнулася Лидькова зброя.

А він же гадав, що вміє битися на мечах! Скільки разів вони з воронівськими хлопцями вдавали мушкетерів! І майже завжди перемагав він, Вітько.

А тут... Кілька днів тому Росанка за якусь хвилину двічі вибивала меча йому рук. Виявляється, вона вміє битися не згірш за будь-якого воїна. А Оленка, Лидькова сестра? Вчора Вітько на свою голову згодився позмагатися з нею. То ледве встояв — так вже напосідало капосне бісеня...

— Вбитий, — оголосив Лидько. Якимось чином вістря його меча прослизнуло під щитом і вперлося у Вітьків живіт. Добре, що хоч билися вони на тупих мечах.

— Ще раз, — звелів невблаганний Лидько. Знав же Попович, кого залишати замість себе!

Неподалік змагалися дорослі воїни. Вони теж билися на мечах, кидали списи в поставлену сторч колоду, боролися. Та так, що курява здіймалася над Городищем. І в усіх змаганнях гору брав дужий і спритний Олешко. Особливо щастило йому в боротьбі. Олешко кидав дружинників одного по одному, наче мішки, і гукав до Вітька:

— Ану, поглянь, чи так я роблю?

Атож, Вітько став у римівців неабияким авторитетом з боротьби. Він уже пересвідчився, що змагатися з римівськими ровесниками в силі чи спритності йому поки що не до снаги. То ж уміло уникав захватів та обіймів, від яких часом аж дихання спирало. Допомагали йому оті вісім чи дев'ять прийомів, яких він навчився в шкільній секції з боротьби.

— Вчіться у Мирка, — казав у таких випадках Олешко хлопцям. — Ич, яке хирляве на вигляд, а спробуйте його на землю кинути!

Сам Олешко був у Вітька чи не найстараннішим учнем.

Один лише Ілля Муровець не брав участі в змаганнях між своїми дружинниками. Хіба що інколи зранку зі свистом покрутить свою величезну, ковану залізом, довбню. А змагатися на мечах дядько Ілько остерігався.

— Ще приб'ю когось ненароком, — пояснював він. — Рука ж і меч у мене, самі знаєте які...

Здебільшого, коли не було якоїсь нагальної справи, дядько Ілько проводив час у переліску одразу за городом тітки Миланки. Там він із задоволенням вергав з корінням молоді дерева, викорчовував старі, орав на своєму велеті-ваговику.

— Отак би завжди, — раділа тітка Миланка. — А то як навіжені все гасаєте по своїх Моровецьких чи Залозних шляхах.

— Е, сестро, — не згоджувався Муровець і патиком зчищав вологу землю з рала. — Не кажи, комусь же й гасати треба.

— Та я що? Але нехай цим займається твій Олешко, — не відступала тітка Миланка. — А ти ж батьком нашим привчений до землі. І виходить це в тебе, братку, так же ж гарно, так гарно... Ні в кого з наших так не виходить.

Муровець вдячно посміхався у довгі свої вуса і налягав на рало з такою силою, що над могутнім важковаговиком лише пара клубочилася.

Боротьбу Ілля Муровець відверто зневажав. Хоча дід Овсій і стверджував, нібито раніше Ілля боровся залюбки. Ще тоді, коли особливою силою не відрізнявся.

От і зараз Муровець на своєму височенному коні неквапом в'їхав у Городище. Кінь покосував на Вітька ласими очима — мабуть, сподівався на гостинця. Проте Ілля поплескав свого чотириногого товариша по гриві і докірливо зауважив:

— Тебе сьогодні мало годували? Луснеш скоро.

Кінь стріпнув вухом. Чи то відмахувався від докучливих ґедзів, чи то від господаревих слів. Потому рушив своєю звичною дорогою у холодок під розлогим берестком.

— Агов, дядьку Ільку! — пролунав задерикуватий голос Олешка, який щойно уклав на траву ще одного дружинника. — Поборотися не хочете?

— Та хай тобі грець! — відмахнувся Муровець. — Теж мені боряка знайшовся.

— А от і боряка, — не вгавав Олешко. — Хочете, і вас покладу на землю?

— Ти? — щиро здивувався велет. — Мене?

— Еге ж, — підтвердив Попович. — Вас. Є такий, як його... прийом. Мені Мирко його показав.

— Ну, коли вже Мирко став твоїм навчителем, — звеселився Муровець, — тоді, звісно...

Він зліз із коня, розправив плечі і кілька разів змахнув, наче вітряк, важкими ручищами.

— Що ж, показуй, чому навчило тебе те хлоп'я, — прогудів він і став супроти Олешка.

Проте Попович одразу показувати Вітьків прийом не квапився. Він спритно уникав дужих обіймів

Муровця і, мов ґедзь, кружляв навколо велета. Попович чекав свого часу. Нарешті, коли Муровцеві урвався терпець і він рішуче ступив уперед, аби злапати верткого Поповича, Олешко блискавично пірнув йому під руку, розвернувся, підставив своє плече — і Муровець незграбно, немов зашпортнувшись об колоду, гепнувся на траву.

Дружинники лише охнули. Згодом пролунав обережний сміх.

Якусь хвилю Муровець лежав непорушно, мовби усвідомлював, що з ним трапилося. Тоді підвівся з землі.

— Ну, я ж тобі зараз... — поволі проказав він і рушив до Поповича.

Олешко позадкував. Мабуть, йому дуже не сподобався вираз обличчя подоланого велетня.

— Дядьку, ми так не домовлялися, — застережливо мовив він. І раптом кинувся навтьоки.

Глухо загуділа земля — то Ілля Муровець рвонув за втікачем. Тричі оббігли вони навколо гранітної брили, обігнули сторожову вежу і знову опинилися посеред дворища. Звідсіля Олешко стрілою помчав до щільного гурту дружинників, сподіваючись, що котрийсь із них зупинить розлютованого велета. Проте гурт розлетівся навсібіч, наче зграя сполоханих куріпок... А Ілля вже важко гримкотів за брамою і ні на крок не відставав від свого молодого і необачного супротивника.

— Я ж тобі зараз... — долинуло до дружинників. Незабаром супротивники щезли у зарослому лозами видолинку. А за якусь хвилю звідтіля долетів приглушений Олешків зойк і кілька гучних, немовбито сплескувала хвостом здоровенна рибина, виляесків.

Коли Вітько, обігнавши дорослих, перший скотився у видолинок, — він побачив Іллю Муровця, що з винуватим виглядом височів над Поповичем. А той, болісно морщачись, намагався розігнутися. Правицею він обережно доторкувався до того місця, що було нижче спини.

— Ну хіба ж так можна... — простогнав Олешко.— Ви ж, дядьку, трохи перепічки з мене не зробили.

— Так я ж не хотячи, — виправдовувався Муровець. — Розлютив ти мене, Олешку.

Попович побачив Вітька і вимучено посміхнувся.

— Ех, ти, — сказав він. — Навчив на мою голову.

— Не на голову, — заперечив Муровець. — Не на голову, а на інше місце. На те, звідкіля ноги ростуть.

Вітька розібрав сміх. Хлопець ледве стримувався. Він навіть затулив рота долонею, щоб не захихотіти. Бо хто його знає — а раптом Олешко розлютується так, як щойно дядько Ілько? І тоді невідомо ще, що заболить у Вітька...

Проте перший засміявся не він, а сам Попович.

— Ну, дядьку! Я ж не знав, що ви так бігаєте! Думав, коли що — дам драла і спробуйте мене догнати. А воно, бач, як вийшло.

Тієї миті дорогою пролетів вершник. З його коня летіли клапті піни.

— Половці!!! — хрипко репетував вершник. — Половці підходять!

ГРУШІ НА ВЕРБІ

Ілля Муровець присів на оцупок дубової колоди. Олешко примостився було поруч з ним, проте одразу ж скривився і звівся знову на ноги. Мабуть, сидіти йому було незручно.

Дружинники щільним колом оточили гінця. Звістка про раптову появу степових нападників їх аніскільки не стривожила. Навпаки, обличчя дружинників були збуджені.

— Нарешті, — сказав хтось із них. — А то коні вже застоялися.

Один лише дід Овсій не приховував тривоги.

— Чого доброго, через них і жито осиплеться,— бубонів він.

Гінця Вітько знав. Це був Жила — той, хто не пустив його до Змієвої нори.

— Ну, розказуй, — звелів Жилі Муровець.

Гінець розповів, що в степу поміж Пслом і Сулою сторожові роз'їзди виявили кілька великих половецьких орд. Одна з них нишком пробирається у бік Римова і, схоже, буде тут не пізніше завтрашнього дня.

— Розвідують, — висловив припущення дід Овсій.

Ілля Муровець на знак згоди кивнув головою.

— Готуйтеся до битви, — коротко звелів він дружинникам. — І треба розіслати гінців по довколишніх селах.

Заметушився, завирував Римів і його околиці. У всі кінці вихором полетіли озброєні вершники. Над хатами здійнялися дими. Запахло смажениною і свіжим хлібом.

Олешко звелів Вітькові не відходити від нього ні на крок. Кривлячись, сів у сідло. Вони виїхали за браму, піднялися до селища і поволі рушили вулицею.

То з одного, то з іншого дворища долинав квапливий металевий передзвін: чоловіки точили зброю. Якийсь древній дід, перехняблений на правий бік, уже випробовував свою шаблю — косив нею будяки біля воріт. Побачивши Олешка, припинив війну з бур'янами і хитнув головою.

Олешко ввічливо уклонився старому.

— Що там чувати? — запитав дід. — Далеко ті нечестивці?

— Недавно ніби близько були, — відказав Олешко. — Та як почули, що ви взялися за шаблюку — чкурнули геть.

— Тьфу, — образився на те дід. — Язик у тебе як калатало.

Олешко зареготав і натяг повід.

Коли вони від'їхали, Вітько сказав:

— Слухай, Олешку... Я давно хотів тебе запитати. Ото всі дружинники ходять з довгими чубами, а ти ні. Чому це?

— Бо ще не доріс, — безтурботно відказав Олешко. — От стукне мені двадцять років, тоді вирощу такого чуба-оселедця!

— А навіщо він тобі?

— Ну як же! Це ознака того, що я княжий дружинник, а не якесь казна-що. Ці чуби, Мирку, ще наш давній князь Святослав зі своїми дружинами носив, от! А ще він сережку у вусі мав...

— І ти теж матимеш?

— Я ні. Бо таку сережку носять лише князі.

— А навіщо?

— Ну як ти не розумієш? Це ж так просто! От уяви собі — повз тебе їдуть оружні люди. То одразу видно, хто князь, хто його дружинники, а хто ще до них не доріс.

Вони повагом наближалися до дворища тітки Миланки. Біля воріт Олешко зупинився. Попрохав:

— Мирку, поклич-но Росанку. Хочу попрощатися з нею.

Вітько зіскочив зі свого коника і щез за ворітьми. Повернувся за хвилину.

— Її немає вдома, — сповістив. — Кудись пішла.

Олешко спохмурнів.

— Жаль, — сказав він. — Ну що ж, бувай здоровий...

— Можна, я з тобою поїду? — попрохав Вітько.

Олешко відповів не одразу. Він думав про щось своє. Мабуть, про Росанку.

— Гаразд, — сказав після деякої мовчанки. — Але недалеко. Тільки до Портяної.

Біля Портяної метушилися чи не всі римівські парубки. Були серед них і хлопці з молодшої дружини Поповича.

— Швидко припливли, — похвалив їх Олешко. — Доки ми з тобою, Мирку, огинали болото лісом, вони всілися на човни — і навпростець через нього!

І справді, більшість хлопців була на човнах-плоскодонках. Вони раз по раз перепливали на них чисті плеса з купами накошеного очерету і щезали в глибині плавнів.

— Що вони там роблять? — поцікавився Вітько.

— О, у них в болоті справжня фортеця! — відказав Олешко. — Звідтіля вони обстрілюватимуть поганців. Так і піде: ми його в лоб, а хлопці жалитимуть збоку.

— А що, коли половці накинуться на них?

— Не накинуться. Край болота під чистоводдям

така трясовина, що й сам дідько не пробереться. А на човнах — якраз те добре.

Звідкілясь вигулькнув Лидько. Його руки і обличчя були геть закаляні болотяною тванню.

— Прийми до себе Мирка, — звелів йому Олешко. — А я за Сулу поки що навідаюся.

— І я з тобою, — знову попрохав Вітько.

— Е, Мирку, скінчилися наші з тобою ігри, — відказав Олешко. — Я навіть Лидька з собою не беру на таке діло. Ич, як він набурмосився!

Вітько неохоче переліз у човен. Лидько відштовхнувся від берега тичкою і очерети заховали від нього Олешкову постать.

Кілька разів Вітько проїжджав повз ці очерети на коні. Проте йому і в голову не приходило, що тут, за якийсь десяток кроків від суходолу, може щось бути. Тепер його очам відкрилися чотири очеретяні острівці, що визирали з води. Хлопці засипали їх землею і болотяною тванню. Мабуть, на той випадок, коли половці пошлють сюди запалені стріли.

Від суходолу острівці захищав щільний, стрілою не проклюнути, частокіл з сирого дерева. Частокіл був обставлений ще й товстими снопами зеленого очерету.

Розпоряджався тут дід Овсій.

— Кілки ставте якнайщільніше, — наказував він. — Отак, молодці. І очерету, очерету не шкодуйте!

А за хвилю припадав до віконець-бійниць у частоколі і гукав:

— Ану, Мухо, зріж он той жмут очерету, бо геть

усе застить... А ти, Гурку, не дуже старайся, бо залишимося перед половцем, мов пташенята на долоні. Очерети треба зрізувати так, аби не *нас*, а *ми* все бачили...

Під вечір, коли робота вже закінчувалася, дід підкликав Лидька з Вітьком і звелів:

— Попливете зі мною.

Дідова плоскодонка безшелесно ковзала по застиглій поверхні болотяного протічка. Сам дід стояв на кормі і начебто знехотя відштовхувався від дна довгою тичкою.

Навколо стояла глибока тиша. Тонкими голосами скаржилися тисячі комарів — їм бракувало людського товариства. Зрідка крякали невидимі качки. Обіч промайнула боброва хатка. А плоскодонка все звертала з одного протічка до іншого. Дід ніби ставив собі за мету, щоб у Вітька від тих численних поворотів голова пішла обертом.

Нарешті дід Овсій присів на корму і згином ліктя витер зволожене чоло. Човен зупинився у вузькому кривулястому протічку. З обох боків до нього впритул підступили високі очерети.

— Втомилися? — запитав Вітько. — То, може, я трохи погребу?

Дід Овсій не відповів. Він дивився просто перед собою. Здається, він навіть не чув Вітькового прохання.

«Дивно, — подумав Вітько. — Навіть дивитися у мій бік не хоче. Може, я вчинив щось не так?»

І Лидько теж сидів, немов чужий.

«Нічого не розумію», — стривожився Вітько. І в цю мить відчув на собі чийсь пильний погляд.

Вітько зиркнув на своїх супутників. Ні, це не вони розглядали його. Дід Овсій, як і до того, не зводив очей з протічка перед собою. Лидько побачив на дні щось вельми цікаве. Вітько розгублено озирнувся довкола, ковзнув поглядом по стіні очерету. І ледь не зомлів — у вузьку щілину у нього нескліпно вдивлялося чиєсь око.

Не звіряче воно було, і не пташине, — із нутра непрохідних плавнів у хлопця вдивлялося людське око!

З Вітькового горла вихопився тихий зойк. Проте ні Лидько, ні дід Овсій мовби й не чули того. А око, здавалося, пронизувало своїм гострим поглядом Вітька наскрізь, і не лишилося, мабуть, в його душі нічого, чого б воно не бачило...

Нараз око змигнуло і щезло. Потому почувся легенький плюскіт і на середину протічка вихопилися дрібні брижі.

— Діду... — прошепотів Вітько. — Тут хтось є...

Проте дід Овсій не відповів. Він поплював на руки і діловито взявся за тичку. І знову — перший заворот, третій, сьомий... Нарешті човен виплив на широке плесо. Дід звівся на ноги, приклав долоні до вуст і упівголоса погукав:

— Велесе, дідьку болотяний! Чи місяць на дереві?

— Бу-у, — ревнуло у відповідь з глибини болота.

Від того тужного ревиська у Вітька стало сторч волосся на голові. Лише за хвилину він збагнув, що то подавав голос водяний бугай, не така вже й велика болотяна птаха.

А дід Овсій вів далі:

— Велесе, дідьку болотяний! Чи груші на вербі?

— Бу-у! Бу-у! — двічі відгукнувся водяний бугай. Цього разу ніби з іншого місця.

Дід Овсій опустив руки і замислився. Лише вуста його ворушилися, начебто він розмовляв сам з собою. Врешті, знову приклав долоні до рота.

— Велесе, дідьку болотяний! А чи вуглина впала на поріг?

Від того запитання Лидько стріпнувся і знову завмер.

Минуло, здається, немало часу, доки з глибини болота долетіло геть віддалене:

— Бу-бу-у!

— Ху-ух! — з полегкістю видихнув Лидько і раптом ні з сього, ні з того ляснув Вітька по плечу.

— Спаси тебе Боже, Велесе! — подякував дід Овсій дідькові болотяному і взявся за тичку. — Бувай здоровий!

— Бу-у... — долинуло ледь чутно і затихло.

А потім дід ще довго кружляв чистоводами та протічками, аж доки вони, нарешті, вибралися на берег. Неподалік у сутінках маячіла сторожова вежа римівського Городища.

— Ану киш додому! — звелів хлопцям дід Овсій. — У мене тут є ще деякі справи.

І знову відштовхнувся тичкою від берега.

Хлопці підтюпцем подалися нагору до Римова.

Лидько мовчав, як і раніше. Хіба що кілька разів зиркав у Вітьків бік і таємниче усміхався.

— Слухай, Лидьку, що там ревіло? — врешті не витримав Вітько.

Відповів Лидько лише біля крайніх хат.

— Дух то був болотяний, Мирку. Не доведи Господь чужинцеві чи зраднику потрапити до його лабет! Від дідькового погляду ніщо не сховається.

Вітько згадав людське око в очереті і мимоволі здригнувся.

— І він...

— Атож, захотів побачити тебе. Ти ж, Мирку, вже стільки часу тут живеш, а він тебе ще й не бачив. То ж коли випадково злапає коло болота — бути страшній біді. От дід Овсій і вирішив показати йому тебе.

— То він що — знайомий з самим дідьком болотяним? — вражено запитав Вітько.

— Не знаю, Мирку, — відказав Лидько. Проте по його очах Вітько зрозумів, що Лидько дещо про дідька знає, проте не хоче признаватися. Що ж, тоді, мабуть, і розпитувати не варто. Може, це якась надто вже важлива таємниця.

І все ж Вітько не втримався.

— А що означають оті груші на вербі? — запитав він.

Проте Лидько лише приклав руки до грудей.

— Не питай про це, Мирку! Не можу я про це казати. Не можу, розумієш?

— Розумію, — відказав Вітько.

НАВКОЛО ВОГНИЩА

Та коли чесно, то Вітько неабияк образився на
Лидька. Теж мені, знайшов від кого критися! А він
же, Вітько, нічого й ні від кого не приховує. Роз-
повів, звідкіля з'явився. Навіть прийоми боротьби,
які знав, показав.

Проте образа швидко минулася, бо незабаром
у Римові стало навдивовижу гамірно. Майже у кож-
ному дворищі палало багаття, і довкола нього сиділо
по кілька озброєних чоловіків. То були ратники
з довколишніх сіл.

Яскраво палало таке багаття і в дворі тітки Миланки. Гості саме всідалися до вечері. Розпашіла тітка Миланка з донькою заклопотано метушилися навколо них.

Та ледве Вітько з'явився на подвір'ї, як тітка Миланка, забула про гостей і кинулася до нього.

— Де тебе носило? — запитала вона. — Інші хлопці вже давно повернулися, а ти...

— Я з дідом Овсієм плавав на болоті, — відказав Вітько.

Тітка Миланка завмерла.

— І дідько болотяний тебе... Ой, що це я!

Вона приклала обидві долоні до вуст. Здається, навіть тітка Миланка не наважувалася згадувати болотяного духа.

— Все гаразд, — заспокоїв її Вітько. — Лидько сказав, що тепер мені нічого не загрожує.

— Ой, синку... — тільки й змогла відповісти на те тітка Миланка. Вона похапцем поцілувала Вітька в тім'я і знову поспішила до вогнища, бо голодні гості вже почали ремствувати.

Вітько не відставав від тітки, бо ж згадав, що сьогодні з самого рання не мав і ріски в роті.

Проте по дорозі його перехопила Росанка.

— Повечеряємо, Мирку, в хаті, — сказала вона.

Росанка підкладала Вітькові найсмачніші шматки. Сама вона майже нічого не їла.

— А той... Попович не заходив, бува? — запитала вона таким байдужим голосом, ніби йшлося про якусь другорядну річ.

— Заходив, — відказав Вітько, наминаючи куряче стегенце. — Питав про тебе.

— І що?

— А нічого. Поїхав за Сулу. Такий смутний поїхав...

По Росанчиному обличчю промайнула тінь. Проте дівчина тут же задерикувато стріпнула русявою косою.

— Нехай посумує. Це йому не зашкодить... — Вона озирнулася і пошепки спитала: — Кажуть, тебе возили на болото?

Упрохувати Вітька не довелося. Росанка слухала і час від часу злякано зойкала.

— Ой, Мирку... Я б на твоєму місці одразу померла, якби побачила оте око... І водяний бугай ревів? Яке жахіття!

— Ага, ще й як ревів! А дід Овсій почав щось кричати йому про груші на вербі.

Росанка полохливо озирнулася на двері.

— То, мабуть, заклинання якесь, — пошепки сказала вона. — О, цей наш дід Овсій... Хочеш, розкажу про нього?

Виявляється, дід Овсій доводився Росанці далеким родичем. Колись був він дружинником у переяславського князя, а сім'я його мешкала тут, у Римові. Дві доньки були в нього. А ще з ними жив молодший дідів брат.

— Такий гарний, люди казали, був той братик, — розповідала Росанка. — І не по літах дужий.

Та одного разу під Римовим з'явилася велика половецька орда. Половина її намагалася прорватися до селища перешийком між болотами, а інша тихцем переправилася через плавні й увірвалася в Римів, коли там були лише жінки, старі та діти. Мало хто з них тоді врятувався. З дідової сім'ї живим зостався лише молодший брат. Та й то важко було його назвати живим, бо по ньому пройшовся копитами не один половецький кінь.

— Що вже не робив дідо, аби вилікувати його, — вела Росанка далі. — І вилікував таки. Та краще б він цього не робив, бо люди аж жахалися, угледівши того брата. І не дивно — зламані кістки почали рости, куди їм заманеться...

Потім дідів брат кудись щез. А сам дід Овсій покинув свою дружинницьку службу і перебрався до Римова назавжди. Ходив і далі з князем у походи, проте щоразу повертався до батьківської хати. І як повернеться — одразу до болота. Кожен протічок знав. Із заплющеними очима міг вибратися звідти.

Отоді, мабуть, і спізнався дід Овсій з дідьком болотяним.

— А тепер дідо вже й Бровка до плавнів привчає, — зітхнула Росанка.

— Якого Бровка? — запитав Вітько. — Нашого?

— А ти й не помітив? Бровко лише годується біля нас. А ледь що — до діда біжить. І слухається лише його. Тільки ж ти, Мирку, про це нікому... — прошепотіла Росанка наостанок і подалася надвір, бо мати вже кілька разів кликала її.

Дід Овсій з'явився, коли гості закінчували вечеряти. Поруч з дідом височів Ілля Муровець.

— Може, сестро, і нас погодуєш? — запитав Муровець.

— Та вже ж погодую, коли прийшли, — відказала тітка Миланка. — Ще трохи залишилося.

Того «трохи» вистачило б на кількох Муровців. Зголоднілий велет лише відпирхувався.

— Балуєш ти нас, сестро... Е-е, а дідові чом кращі шматки підсовуєш?

— Бо є за що, — невизначено відказала тітка Миланка.

П О Л О В Ц І

Вітька ще затемна розбудив Лидько. Хлопці навперегінки скотилися до ставу, затим гаткою піднялися до Городища.

Біля сторожової вежі їх зустрів кривобокий дідусь — той, що вчора завзято воював з будяками.

— Вас тільки за смертю посилати, — сердито пробурчав він. — Овсій місця собі не знаходить... Униз по східцях і праворуч...

— Знаю, — перебив старого Лидько.

Зненацька дід огрів його по шиї.

— Треба додавати «діду», — сердито нагадав він. — Ич, одноліток який знайшовся!

Лидько потер шию і слухняно повторив:

— Знаю, діду.

— Оце інша справа, — подобрішав дід. — Ну, хлоп'ята, даждь Боже вам щастя і намарне під стріли не лізьте!

Лаз від сторожової башти до болота був прокопаний ще з незапам'ятних часів. Сходинки були вузькі й вологі. В темряві звідусіль тхнуло трухлявим деревом та пліснявою. Попереду тихо плюскотіла вода. Трохи згодом унизу засіріло.

Вітько вийшов з лазу просто в очерети. Праворуч, на чистоводді, погойдувалося з десяток човнів-плоскодонок. На одному з них вже сидів Лидько і про щось тихо перемовлявся з дідом Овсієм.

Слідом за ними почали вигулькувати з лазу хлопці з молодшої дружини Поповича. І не лише вони — прибули отроки з Канівців, Лящівки, Кавраю, Мохнача.

Дід Овсій обвів усіх уважним поглядом, пробурмотів до себе щось нерозбірливе. Тоді підвівся, взявся за тичку й звелів:

— Що ж, попливли...

Пробиралися вузькими кривулястими протічками. В густому тумані не було видно навіть простягнутої руки. Звіддалік до них долинав приглушений багатоголосий гомін, кінське іржання, дзенькіт криці. Та коли протічок звертав убік, гомін одразу затихав. Замість нього виразно вчувалося вороняче каркання.

— Ич, на учту злетілися, — стиха буркнув дід Овсій. — І справді, не Римів у нас, а Воронівка, як ти, Мирку, кажеш.

Нарешті човен уперся у щось м'яке і пружинисте.

— Приїхали, — сказав дід Овсій і перший вибрався на сухе.

Як і раніше, в тумані нічого не можна було розгледіти. Та вже проглядало над головами чисте небо і сонце першими золотими стрілами де-не-де пробивалося крізь імлу. А зовсім поряд чувся вже не гомін, а безперервне і загрозливе гудіння — наче морський прибій, що от-от завергає важкими гранітними брилами...

Половці підійшли до Сули удосвіта. Через річку перебиралися швидко й безшумно — сподівалися захопити римівців зненацька. Але несподівано вгледіли перед собою русичів, що тісними шеренгами перекривали вузький перешийок між болотами.

Передні половці почали сповільнювати біг своїх коней. І все ж змушені були підступати до захисників Римова все ближче й ближче, бо зі спини на них натискали інші. Обійти русичів не було ніякої змоги. Щоправда, кілька десятків степовиків спробували пройти краєм болота, проте коні одразу ж по шию загрузли у баговинні. А потім з очеретів свиснули стріли — і кілька половців плюснули у рідку каламутну твань. Нападники поспішно відступили і приєдналися до своїх.

У центрі руського війська височів на своєму важковаговозі Ілля Муровець. Поруч з ним вишикувалося з півтораста закованих у кольчуги дружинників. По боках щільними лавами стояли римівці і ратники з довколишніх сіл.

Муровець обвів поглядом ратників і похитав головою — далеко не на кожному з них була кольчуга. Та й озброєнням вони поступалися перед дружинниками. У кого був ще батьківський меч, у кого — спис, а в кого — коса або навіть обсмалена довбня. І хоч знав Муровець, що й без кольчуг ніхто з них живим не поступиться ворогові — все одно серце у нього тривожно стислося.

— Багато хлопців загине, — півголосом проказав він. — Ой, багато. Щось би нам з тобою таке придумати, га, Олешку?

У Поповича палали очі. Йому нетерпеливилося зійтися у двобої з першим-ліпшим половцем.

— А що тут гадати, дядьку? — збуджено вигукнув він. — Берися за меча — і вперед!

— Вперед і дурень зможе, — відказав Муровець.— Та кажу, що багато хлопців загине. Тут, знаєш, придумати б щось.

Олешко поглянув на ратників раз, другий і теж замислився.

— Непогано було б тих половців захопити зненацька, — сказав він. — Але як?..

Тим часом половецькі лави розступилися і наперед вибрався приземкуватий, широкоплечий степовик. Чимось нагадував він гранітну брилу, що вросла в землю посеред Городища.

Половець побачив перед собою височенного русича і мимоволі зупинив коня. Все ж змахнув списом і каліченою говіркою запропонував:

— Я — Рутеня. Будемо бітіся?

Б И Т В А

Муровець ніби й не чув, що йому пропонував Рутеня. Руський велет опустив голову і про щось думав.

А половець уже сміливіше роз'їжджав перед руськими дружинниками. Йому здалося, ніби Муровець його побоюється.

— Дядьку, навіщо саме вам битися з ним? — блискав очима Попович. — Пустіть мене на нього!

— Не те кажеш, — зупинив його Муровець. — Не те.

А половець тим часом геть посміливішав.

— Іди сюди, не бійся, — під'юджував він Муровця. — Я тобі зроблю не дуже боляче. Чик — і гаплик!

Половецьке військо зареготало.

— Боягуз! Га-га-га!

— Пацюкова душа!

— Тікай, поки не пізно!

— Оце саме те, що мені треба, — нараз повеселішав Муровець. — Чуєш, Олешку, як ті злидні мене ображають!

— Що ж тут веселого? — не зрозумів Олешко.

— А те, що я зараз і справді візьму та й ніби ображуся. А ви ж дивіться, не ловіть гав!

Ілля Муровець високо підняв голову.

— Це ви мені кажете?! — загримів над болотом його дужий голос. — Це я злякався? Ану, де той підсвинок, що називав мене боягузом?

Затим Муровець смикнув повід і його важковаговик посунув уперед. Проте не в бік Рутені, що нетерпляче гарцював між військами, а в самісіньку гущу ворогів, звідкіля щойно долинали глузливі вигуки.

— Ану, виходь! — гримкотів Муровець, здійнявши свою ковану залізом довбню над головою. — Зараз подивимося, хто з нас боягуз! Ану, допустіть мене до того крикуна!

І таке шаленство чулося в голосі руського велета, така лють, що половці на мить сторопіли. Рутеня натягнув було повід, аби заступити Муровцеві шлях, проте Ілля гарикнув на нього таким голосом, що половецький кінь звівся дибки і позадкував.

А важковаговик Муровця уже врізався в половецькі лави. Його довбня зі свистом опустилася на перші ворожі голови.

— Де ти, песиголовцю?! — гукав Муровець. — Та

розступіться, кажу, бо й вам дістанеться. Дайте-но його сюди!

Половці, що були віддалік, ставали на стремена і витягували шиї. Їм було цікаво, добереться цей руський богатир до свого кривдника, чи ні.

І поки вони збагнули, що до чого, поки вихоплювали з піхов свою зброю — руське військо бурею налетіло на них. Гримнуло так, ніби озвалися десятки громів. Глухо застугоніла земля. Курява і зойки поранених злетіли до неба.

— Час і нам починати, — сказав дід Овсій і змахнув рукою. З болота у половців вдарило з півсотні стріл. Потім ще раз. І ще...

З десяток половців повалилося на землю. Проте відповісти своїми стрілами, чи бодай прикритися від болота щитами, чужинці вже не могли — щити їм потрібні були проти руського війська. Проте й вони не завжди допомагали.

Раз по раз здіймав Ілля Муровець тяженну свою довбню і з хеканням опускав її на ворожі шоломи. З боків і зі спини його прикривало кілька дужих дружинників. І там, де вони проходили, лишалася широка просіка. В ту просіку вривалися піші русичі. Так і йшли вони за Муровцем, мов нитка за голкою, краючи на шмаття половецьке військо.

В центрі точився жорстокий двобій. Там зійшлися у герці Попович з Рутенею. Їхні сила і спритність виявилися майже однаковими. Коні світили один на одного налитими кров'ю очима, ставали дибки, гризлися...

Ще важче доводилося богатирям. У тісняві бойо-
виська вони не могли навіть як слід розмахнутися
мечем. Тільки й того, що штурхали один одного
щитами, намагаючись вибити з сідла. Все ж важ-
чий половець поволі, крок за кроком, відтискував
Поповича до болота. Рутеня намагався загнати
суперника до трясовини, де той не зміг би спритно
ухилятися від ударів.

І, може, важко довелося б Поповичу, якби не
Лидько.

— Тримайся, Олешку! — вигукнув він і, майже не
цілячись, відпустив тятиву лука. Стріла вп'ялася
в ногу половецького коня. Кінь похитнувся і, під-
штовхнутий іншими кіньми, завалився набік.

Проте Рутеня вже стояв на ногах.

— Що, кінний на пішого? — криво посміхаючись,
запитав він Поповича.

— Ні, піший на пішого! — відгукнувся Олешко і теж
зіскочив з коня.

Проте й тут їм не було де розвернутися. Ратники
стисли їх так, що мечі виявилися непотрібні.

— Будемо боротися? — запитав половець.

— Будемо! — згодився Олешко.

Боротьба виявилася короткою. Не встиг половець
зімкнути обійми за спиною русича, як Олешко
спритно пірнув Рутені під плече, розвернувся і що-
сили смикнув за руку. Половець важко гепнувся на
землю. Блискавкою змигнув у повітрі ніж русича
і за мить усе було покінчено. Олешко злетів на коня
і заволав до болота:

— Наша взяла! Спаси Боже тебе, Мирку, за науку!

Половці розгубилися. У такій тісняві перевага була за могутнішими русичами. Ще трохи — і нападники повернуть коней назад...

— За мною! — вигукнув дід Овсій. — Мерщій у човни!

Він з силою відштовхнувся тичкою і його плоскодонка вужем ковзнула до протічка, що вився уподовж берега.

— Куди ми пливемо? — запитав Вітько. Він випустив більше половини стріл зі свого сагайдака.

— До Кривої діброви, — коротко відказав дід Овсій. — Там заховані наші коні.

Тепер Вітькові стало все зрозуміло. До Кривої діброви, що звивалася між Сулою та болотом, було кількасот метрів. Навколо ж болота — кілометрів зо три. І доки половці розвернуться, доки промчать оті три кілометри — молодша римівська дружина встигне зустріти їх як годиться.

Та все ж вони трохи припізнилися. Більша частина вцілілої орди вже встигла перебратися за Сулу. До річки щосили гнали лише невеликі групи вершників, і над їхніми головами час від часу зблискував Олешків меч. Кінь Поповича не поступався швидкістю половецьким.

І тут трапилося несподіване. Невисокий степовий жеребчик, на якого скочив Вітько, зненацька заіржав і кинувся навперейми втікачам. Мабуть, серед половецьких коней угледів свого приятеля. Вітько щосили смикав за вуздечку, проте нічого вдіяти не міг. Жеребчик ніби сказився. Вже й піна виступила на його губах, вже й кров на них з'явилася, проте кінь лише набирав швидкість. За хвилину він увірвався у рідкі, розсипані по всьому полю, лави утікачів.

— Спинися, Мирку! — відчайдушно кричав Лидько. — Падай! Стрибай з коня!

Вітько злякано глипнув на землю. Вона з такою швидкістю втікала з-під жеребчикових ніг, що падати він не наважувався.

Половець, якого саме наздоганяв зшаленілий Вітьків жеребчик, зненацька озирнувся. Його пласке обличчя було спотворене жахом. Мабуть, половець почув за собою кінський тупіт і вирішив, що його наздоганяє руський дружинник. Проте, побачивши, що це всього-на-всього хлопчак, половець хижо зблиснув посмішкою. Він щось крикнув, кілька половців сповільнили свій біг і почали розвертатися. Краєм ока Вітько угледів, що вони заступили шлях Лидькові. А крім Лидька, нікого з римівців не було.

— Стрибай, Мирку! — кричав Лидько. — Або вертай до нори! До нори, чуєш!

А сам уже стявся з найближчим половцем. Бився не згірш, аніж бився Олешко тоді, коли Вітько вперше побачив його.

Але вже налітав на Лидька зі спини ще один половець-утікач, за ним поспішав інший... І в цю мить навколо Вітькової шиї обвився зашморг.

В ПОЛОВЕЦЬКОМУ ПОЛОНІ

Недобиті половці мчали кілька годин. І все озиралися назад. Нарешті сповільнили свій біг — погоні не було.

Вітько, міцно прив'язаний до сідла, їхав у самій гущі степовицької орди. Поруч галопував половець, котрий захопив Вітька.

Він почувався гордим і щасливим. Ще б пак — полонили одного-єдиного русича — і то його, Смокви, робота! Дарма, що цей полонений майже дитина.

— Ти єсть мій раб, а я — твій пан Смоква,— каліченою мовою втовкмачував він Вітькові, коли половці на якусь часинку зупинилися у видолинку, щоб спочити і напоїти коней. — Що захочу, те з тобою й зроблю, зрозумів? Продам ханові. Будеш кумис мені робити. З живого шкуру здеру... Чуєш? Спробуй тільки ще раз крутнутися!

І Смоква зареготав. Втім, не хмурилися обличчя і в інших половців. Що далі від Сули, то жвавіше вони перегукувалися, а згодом хтось затяг протяжну половецьку пісню.

Схоже, поразка біля Портяної половців не дуже засмутила. Мабуть, мав рацію дід Овсій, що ця орда лише вивідувала, що й до чого. А десь неподалік, можливо, готуються до нападу інші орди.

— Швидше, швидше! — хрипким голосом покрикував Смоква і періщив нагаєм то Вітька, то Вітькового жеребчика. Вітькові діставалося частіше, видно, половець коней любив більше, ніж людей.

Вечоріло, коли орда зупинилася на ночівлю. Для цього вона обрала невелику діброву у видолинку межи трьох похилих горбів. Запалали багаття, гостро запахло смажениною. На пагорбах забовваніли постаті половецької сторожі.

Смоква на хвильку відлучився. Повернувся зі жмутом лопухів. Загорнув у них шмат м'яса і застромив між жарин. Те саме зробили й інші половці. Час до часу вони кидали на Вітька такі байдужі погляди, мовби це була не людина, а щось таке, про що й говорити не варто.

Вітько сидів неподалік багаття зі спутаними ногами. До пут була прив'язана і його ліва рука. Вузький ремінець боляче впивався в тіло, проте Вітько змушував себе терпіти.

Хвилину тому він попрохав половця, щоб той трохи ослабив зашморг. Але у відповідь отримав нагаєм по спині.

Хотілося їсти. Та ще більше хотілося пити. Вітько мовчки спостерігав, як пожадливо давилися степняки гарячим м'ясом, запиваючи його білою рідиною зі шкіряних міхів.

Один з половців жбурнув у його бік кістку з залишками м'яса. Вітько потягся до неї, проте інший ніби випадково наступив на кістку чоботом. Половці зареготали.

Ще один половець простяг бранцеві дерев'яну чашу з білою рідиною. Вітько вже доторкнувся до неї пальцями, але половець у ту ж мить підніс її до свого рота і, прицмокуючи, випив усе до краплини.

Навколо багаття покотилися з реготу.

Вже сутеніло, коли до вогнища під'їхав старий половець. Він щось коротко наказав Смокві, і той схопився на рівні. Наче мішок, перекинув він бранця через коня, усівся сам і поволеньки рушив услід за старим.

Зупинилися вони біля просторого намету. Неподалік од нього напівлежав на кошмі молодий половець з ситим рожевим обличчям.

Смоква зіскочив з коня і вклонився йому майже до землі.

Рожевощокий половець мовив до Смокви кілька слів. Той приклав руку до серця. Тоді рожевощокий видобув зі складок одежі гаптований гаманець, витрусив з нього кілька монет і кинув їх Смокві. Той спритно упіймав їх у повітрі і, низько кланяючись, відійшов у темряву.

Рожевощокий молодик, вочевидь, був у цій орді за головного. До нього зверталися лише з поклонами. Він же у відповідь ліниво кивав головою. Та й то, коли вважав за потрібне.

Про Вітька рожевощокий наче забув. Лише трохи згодом коротко затримав на ньому свій погляд, щось прохарамаркав — і в ту ж мить дужий поштовх у спину звалив хлопця на землю.

— Світлий Андак, син славетного хана Курнича, не любить, коли на нього витріщають очі, — почув Вітько за собою.

Світлий Андак ствердно хитнув головою і заходився цмулити зі срібної чаші білу рідину.

Звечоріло. До багаття звідусюди насувався туман. На небо висипали перші зорі. Інколи з-за горбів у долину проривався холодний вітер і Вітько мерзлякувато щулився. Від спраги вуста йому пошерхли і стали жорсткі, як терпуг.

А рожевощокий усе цмулив зі своєї чаші. Нарешті відставив чашу і її підхопив засмаглий до чорноти половець високого зросту. Рожевощокий витер рукавом масні вуста і звернув погляд на Вітька. Щось запитав.

— Світлий Андак, син славетного хана Курнича,

хоче знати, чи велика зараз дружина в Римові? — почувся пронизливий голос засмаглого половця.

Вітько мовчав.

— Ну? — схилився над ним перекладач. — Чому не відповідаєш?

— Ви ж самі все бачили, — відказав Вітько.

Світлий Андак невдоволено насупив брови і тлумач щосили уперіщив хлопця нагаєм. З Вітькових грудей вихопився стогін.

— Світлому Андакові треба відповідати ввічливо і швидко...

Нараз обличчя у світлого Андака прояснiло. Він щось сказав перекладачеві і зареготав.

— Це брудне цуценя гадає, — вів перекладач, — нібито Ілля Муровець нас розбив. То підла брехня. Ми не про перемогу думали. Нам потрібно було лише дізнатися, які сили у переяславського князя. І де вони. Чи не в лісах навколо Римова? Ну, чому мовчиш?

Світлий Андак мигнув бровою — і нагай знову обвився навколо Вітька.

— Ой! Не знаю... — відповів Вітько.

— Ти не знаєш? — здивувався перекладач. — Ти, цікавий до всього хлопчисько, — і не знаєш? Неправда, діти все знають.

І знову свиснув нагай. Вітько схопився за щоку і зціпив зуби. Що він мав сказати? Що в Іллі Муровця лише півтораста дружинників, а то все парубки й дядьки з косами і довбнями? І що ніяких княжих військ навколо Римова немає?.. Тоді цей Андак покличе інших ординців — і половці сьогодні ж купно наваляться на Римів, підуть далі на Переяслав, а, можливо, навіть на Київ...

А винний у цьому буде він, Вітько Бубненко...

— Що, знову заціпило? — погрозливо запитав тлумач. — Може, припекти язика?

Один з половців вихопив з вогнища тліючу головешку. Вітько втупився у неї нажаханим поглядом.

— Я... я й справді нічого не знаю... — вичавив він із себе. — Я... я лише нещодавно там з'явився.

— Он як, — недобре посміхнувся перекладач. — І звідкіля ж ти з'явився?

Нараз у гурті половців стався якийсь рух. Наперед протиснувся літній воїн і втупився у бранця. Це був той самий половець, що гнався за Вітьком до самісінької печери, а потім з переляканим вереском дременув від ліхтарика.

— Здається, цей бранець виліз із Змієвої нори, — сказав половець. Ще раз пильно оглянув Вітька і підтвердив: — Так, це він і є.

Половці як один відсахнулися від полоненого. На тлумача ні з того ні з сього напала гикавка. Світлий Андак схопився на ноги так хутко, ніби випадково присів на бджолу і вона щойно його вжалила.

— Ти — від Змія?! — вражено вигукнув він. — З нори?!

Вітько мимоволі кивнув головою. О, та це ж чудово! Коли навіть хоробрий Олешко на початку тримався осторонь від нього, а ось цей половець репетував, мов навіжений, — то, мабуть, і інші половці бояться того Змія не менше.

— Так, — сказав Вітько. — Я його... невільник. Змій мене на розвідку послав.

— Навіщо?

— Ну, щоб це... дізнатися, де більше людей. За однією людиною йому ганятися ліньки.

Половці перелякано закрутили головами. Мабуть, хотіли переконатися, чи, бува, не підкрадається оце до них страшна потороча.

— І де ж той Змій зараз?..

— Він... Олешко Попович його полонив, от що! Правда, правда, — зацокотів Вітько, помітивши, як недовірливо глипнув на нього Андак. — Змій саме виставив голову з нори. А Олешко до нього підкрався і накинув зашморг йому на шию.

— То чого ж тоді твій Олешко не випустив Змія на нас? — запитав перекладач, не чекаючи, поки цим зацікавиться світлий син половецького хана Курнича.

— А навіщо? Я тільки чув, як Ілля Муровець казав Олешкові, що вони з вами і без Змія упораються. А Змія вони приховали на той випадок, коли їм доведеться непереливки.

— І де зараз той Змій?

— Та... у норі. Він же припнутий. Йому їсти возять. По три воли щодня, — брехав Вітько далі.

— Гм-мм... Три воли... — це вже сказав Андак, що перейшов на зрозумілу Вітькові мову. — Розв'яжіть його! — звелів він воїнам. — І дайте йому кумису.

Вітько жадібно припав до чаші з білою рідиною. Холодний, ледь кислуватий кумис виявився таким цілющим, що і втому, і спрагу наче язиком злизало. Навіть біль від ударів — і той почав стихати.

— А тепер розказуй про Змія, — зажадав світлий Андак. — Який він — дуже великий?

Вітько ствердно кивнув головою.

— Завбільшки з коня? — не вгавав Андак.

Вітько відповів не одразу. А який же той Змій насправді? Тоді пригадав, як весело брехав Олешко про Змія і сказав:

— Набагато більший. У довжину він — як оте дерево заввишки.

Половці дружно втупилися в дерево, ніби вперше його побачили.

— А завтовшки він буде, як сім жеребців, — вигадував далі Вітько. — І око в нього блищить, як сонце. Коли зблизька гляне на когось — той спалахує, як метелик...

Тлумача затіпало. Мабуть, уявив себе метеликом.

— А скільки треба воїнів, щоб твого Змія поборóти? — запитав Андак. — Десять? Двадцять?

Вітько вдав, ніби напружено розмірковує.

— О, ні, мабуть, більше, — сказав він. — Коли розлютується, то більше. Набагато більше.

— А який він зараз? Розлючений?

— Ще й який! Йому ж те... сьогодні снідати не дали.

Андак надовго замовк. Сьорбав з чаші і задумливо дивився на вогнище. Врешті-решт наказав воїнам пильно стежити за полоненим, а сам рушив до намету.

ЗМІЇВ НАПАД

Тепер з Вітьком поводилися значно краще. Йому дали їсти, знову напоїли кумисом і послабили пута. Але від того хлопцеві легше не стало, бо на ніч його прив'язали до стовбура молодого берестка.

Половецький табір поринав у сон. То один, то інший степовик клав під голову сідло і починав хропіти. Раз по раз із темряви вигулькували вершники. Вони про щось перемовлялися з тлумачем і знову розчинялися в темряві.

Вітько відчув, що, незважаючи на біль від стусанів і пут, його теж хилить у сон. Проте і уві сні йому бачився світлий Андак. Він сидів на кошмі перед Вітьком. І хлопець із завмиранням серця чекав, що от-от син половецького хана моргне бровою — і по тому знаку не менше десятка половців занесуть над беззахисною Вітьковою головою криві шаблюки...

Прокинувся він від холоду. Тихо накрапував дощик. Віддалік прокричав пугач. Вартовий із зусиллям підвів голову на той крик, тоді перевів погляд на Вітька і знову заплющив очі.

Пугач крикнув знову. Вартовий поворушився, проте очей не розплющив. А хлопцеві пригадалося, що точнісінько так пугукав Лидько.

«Це ми так перегукуємося, — пояснив тоді він. — То значить, що один із нас щось знайшов. Чи розвідав».

Проте Лидька, мабуть, уже немає в живих. Він загинув, коли кинувся на допомогу Вітькові. Бо на нього ж летіло двоє половців, та ще кілька заходили зі спини.

Більше пугач не озивався. Дощик припинився і в небі почали з'являтися зорі. Далекі і чужі, байдужі до всього, що робиться на землі. Отак світитимуться вони і завтра над Римовим, і через дев'ятсот років над Воронівкою. Тільки Вітькові, мабуть, уже не доведеться їх більше бачити. Бідна мама! Напевно, шукає його скрізь і заливається слізьми...

Зненацька йому привиділося, ніби за пагорбами шугонув до неба якийсь промінь. Вітько стріпнув головою і напружив зір. Проте все було так, як і перед цим.

Він знову заплющив очі.

Несподівано за пагорбами хтось пронизливо скрикнув. Потому почувся частий, сполошений тупіт і до згасаючого багаття підлетів вершник. Переляканим голосом він прокричав кілька слів, і між них було слово «Змій».

Наче вжалені схопилися степовики з трави, закрутили головами на всі боки. Тлумач-перекладач спробував про щось довідатися у вершника, проте з уст у того вилітало лиш одне слово:

— Змій... Змій...

Не допоміг і нагай, котрим перекладач кілька разів пригостив нажаханого вершника.

І тут за пагорбом, звідкіля примчав вартовий, спалахнуло дивне сяйво. Воно скидалося на палаючий погляд якоїсь велетенської тварини, що важко виповзла на пагорб і на мить зупинилася, винюшкуючи жертву. Її сліпучо-мертвотне око кидало гострий, мов спиця, промінь далеко перед собою. Мерхло від того погляду сяйво незліченних зірок, маревним світлом спалахували дерева і злякано шугали до землі чорні нічні птахи.

На мить Вітькові стало моторошно. Але тільки на мить.

«Та це ж світло мого ліхтаря! — збагнув він. — То, мабуть, Олешко світить ним!»

Тим часом проміння опускалося все нижче до землі і все ближче до половецького табору. Ось воно торкнулося верхівок дубів, перекреслило стовбур берестка, до якого був прив'язаний Вітько, і зупинилося на дахові намету, звідкіля з повискуванням виборсувався світлий син половецького хана.

А потім з пагорба заревло. Глухо, натужно, погрозливо. І, судячи з того, як гойднувся мертвотножовтий промінь, велетенська тварина почала спускатися у видолинок — прямісінько на половецький табір.

Залементували, заметушилися степовики. Цвьохнули тятиви луків і з десяток стріл полетіло у бік невидимої потвори. Та, мабуть, лише роздражнили її, бо ревіння подужчало.

Світлий Андак врешті-решт вибрався з намету. Миттю скочив на коня і вже з темряви заволав:

— Хапайте бранця! Беріть його з собою!

До Вітька кинувся тлумач. Проте не встиг він зробити і двох кроків, як йому в горлянку вп'ялася стріла. Інші половці відсахнулися від бранця.

Ревіння на мить завмерло. Натомість пролунав дзвінкий насмішкуватий вигук. Вітько ладен був заприсягнутися чим завгодно, що то кричить Олешко Попович:

— З нами Змій! Ату на половця!

У відповідь з іншого боку долетіло:

— Там — Змій, а тут — Муровець!

Важкий тупіт копит, що долинав з-за пагорба, небавом заполонив нічний степовий простір. Зміїв погляд блукав низько над землею і у засліплених половців вивалювалася з рук зброя. З несамовитими зойками кидалися вони в той бік, де паслися табуни. Проте коні, нажахані не менше за своїх господарів, сполошено іржали, ставали дибки і мчали світ за очі. Піші половці з прокльонами поспішали їм услід.

Вітько щільно притиснувся тілом до тонкого стовбура — щоб не наскочили на нього кінні і щоб захиститися від стріл, що раз по раз висвистували в повітрі.

— Мирку, де ти? — почувся неподалік знайомий голос. — Ти живий?

— Лидьку! — вихопилось у Вітька.

З темряви вилетів кінь. Лидько зіскочив з нього, вихопив ніж і миттю розрізав пута.

Вітько спробував підвестися, проте тут же мішком зсунувся на землю.

— Що з тобою? — перелякався Лидько. — Ти поранений?

— Ні... то я так... довго був прив'язаний.

— То побудь ще трохи тут, Мирку. І нікуди не відходь, гаразд?

Лидько знову злетів на коня і помчав туди, де шаленіла січа.

Власне, січі вже не було. Не тямлячись від жаху, поспішали степовики у глупу ніч, а на їхніх плечах висіла руська кіннота. І не одна сотня нападників наклала головами у цю ніч.

ДЕЩО ПРО МИКУЛУ СЕЛЯНИНОВИЧА

Поволі розвиднювалося.

Поруч з Вітьком зупинив змиленого коня Ілля Муровець. Він поклав поперек сідла шипасту свою довбню і з неприхованою заздрістю поглянув у той бік, куди покотилася погоня.

— Ет, не дано мені ганятися за тими полинцями, — охриплим голосом мовив він. — Надто вже прудко бігають. Е, небоже, що це з тобою?

Вітько плакав. Сльози густо котилися по його обличчю. Він судомно схлипував і ніяк не міг зупинитися.

Важка Муровцева рука обережно торкнулася до скуйовдженої голови хлопця.

— Ну ж бо, годі, — лагідно мурмотів велет. — Усе гаразд, парубче. Усе вже позаду.

— Вони... били мене... — крізь сльози скаржився Вітько. — Та я нічого їм... не сказав.

— Молодець, Мирку. Ти справжній русич, — похвалив його Муровець. — Тільки ж навіщо плакати?

— Та я вже не плачу...

Вітько витер полою сорочки решки сліз і вдячно посміхнувся велетові.

— Як ви мене знайшли? — поцікавився він.

— То все Лидькова робота. Добрячий з нього виві-дувач може вийти. А Змієве око придумав Олешко. Ну як — гарно вийшло?

— Гарно, — згодився Вітько. — Навіть я переля-кався спочатку. Спасибі вам.

— Знайшов за що дякувати, — відмахнувся Муро-вець. — Ти краще скажи: чув ревіння, чи ні?

— Ще й як! Половці ледь не збожеволіли з жаху.

— То моя робота, — похвалився Муровець. — Так, розумієш, старався, що аж захрип.

Збуджено перегукуючись, поверталися римівські дружинники у діброву. Втрат з їхнього боку не було. Хіба що дід Овсій кректав і час від часу поти-рав плече.

Чи не останніми під'їхали Олешко з Лидьком. По-вернулися вони не самі — між ними скособочився на коні світлий син половецького хана Андак. Він набурмосено глипав навсібіч.

Лидько аж сяяв з радощів. Ще б пак — він же уперше брав участь у такій битві! А от Олешкове обличчя було чимось стурбоване. Попович міцно обійняв Вітька, затим відвів його убік і тихо, аби ніхто не почув, сказав:

— Кепські справи, Мирку, ой і кепські!

— А що таке? — стривожився Вітько.

— Не світить більше твій, як його... ліхтарик, от що. Якась погань влучила в нього.

— Подумаєш — ліхтарик! — усміхнувся Вітько. — А я вже аж злякався. Гадав, щось інше трапилося.

— Е, не кажи. Той ліхтарик добряче нам допоміг. І ще не раз допоміг би. От би дізнатися, яка погань в нього вцілила! Я б їй голову задом наперед скрутив і сказав би, що так і було.

Та все ж Олешко повеселішав. Зиркнув на набурмосеного Андака, потім підморгнув Вітькові і зненацька загорланив:

— Гей, дядьку Ільку! Як там наш Змій? Погодували вже його?

Муровець поволі розгладив вуса. Подумав.

— А навіщо його годувати? Він вже сам себе погодував. Думаю, не менше десяти полинців схрумав.

— Наївся?

— Хто його зна. Може, наївся, а може, ще хоче.

Олешків погляд ніби зовсім випадково зупинився на синові половецького хана.

— А що, коли ми цього віддамо Змієві на закуску? — запитав він.

Світлий Андак затіпався. Обличчя його посіріло.

— 201 —

— Н-н-не треба! — вереснув він. — Не робіть цього! Я великий викуп дам! Мій батько, хан Курнич, нічого не пошкодує!

— А нащо нам той викуп! — зневажливо сплюнув Олешко. Все ж наполягати на своєму не став.

До них під'їхав Лидько. Він усе ще не міг віддихатися..

— Я боявся, що тебе вже нема серед живих, — сказав йому Вітько. — Вони ж так накинулися на тебе! І спереду накинулися, і збоку...

— Та я теж гадав, що мені вже гаплик, — весело погодився Лидько. — Добре, що хоч здогадався до Змієвої нори повернути. А вони побоялися. Потім я тишком-тишком за ними...

— Спасибі, — зворушено мовив Вітько. — Якби не ти...

— Ет, що там! Головне — половців розбито!

— Хтозна, — прогудів Муровець. — Хто його зна. Поживемо, хлопці, побачимо...

Дружина поверталася до Римова з чималою здобиччю. Одних лише коней Вітько нарахував понад три сотні. А ще були щити, криві половецькі шаблі, кольчуги. Ще й син половецького хана Курнича на додачу.

Одну кольчугу Олешко подарував Вітькові.

— Носи, — сказав він при цьому. — І нехай жодна шабля тебе не зачепить.

Кольчуга сиділа на Вітькові наче влита. Хіба що була трохи заширока в плечах, а ще більше в тому місці, де мав бути половецький живіт. Але на такі дрібниці Вітько не зважав. Головне — тепер у нього є власна кольчуга! І віднині він, звичайнісінький школяр Вітько Бубненко, став справжнім давньоруським воїном. От би побачили його тепер у Воронівці! Та, на жаль...

І Вітько мимоволі зітхнув.

Сулу перейшли, коли сонце уже всідалося за воронівським лісом. З римівського боку вихопилося кілька вершників і учвал покотили назустріч дружинникам. У передньому Вітько упізнав тітку Миланку.

— Живий, синку! — кинулася вона до хлопця. — Живий... А мені уві сні таке вже було приверзлося...

— Та куди він подінеться, сестро, — лагідно прогримотів Муровець. — Такий богатир ще сто років ряст топтатиме.

— Еге ж, ми з Мирком ще не раз потрусимо того половця, — жваво відгукнувся Попович. Щойно він розповідав дружинникам щось дуже веселе, проте зупинився на півслові і квапливо наблизився до Вітька. І зрозуміло, що було тому причиною: слідом за матір'ю їхала Росанка.

Дід Овсій з Муровцем трохи відстали від гурту. Дідові було зле. Обличчя його розпашіло, дихав він часто і уривчасто. І раз по раз обережно торкався до плеча.

— Тримайтеся, діду, — підбадьорював Муровець старого. — Приїдемо до Римова — миттю поставимо вас на ноги. У нашої Миланки мастики такі, що й мертвий підстрибне.

— Ет, не поможуть уже мені ваші мастики, — поморщився дід Овсій

— Це чому ж?

— Тут, бачиш, інша хвороба напосіла — старість.

— Та яка ще там старість! — почав було заперечувати Муровець, проте дід Овсій помахом руки зупинив його.

— Не треба, Ільку. Що є, то вже є. Бач, оце рубаюся і раптом відчуваю, що несила тримати меча. І чомусь тягне кинути все і прилягти на травицю. А той песиголовець наче щось відчув, бо розмахнувся з усієї сили і вдарив так, що у мене в голові все замакітрилось. Бухнув я на землю, наді мною копита миготять, а на серці камінь. Ет, думаю, чому ж я раніше не сказав, де мене поховати?

Дід Овсій замовк. Мовчав і Муровець. Він розумів: не треба перебивати старого воїна.

— А хотілося б на нашому Городищі прилягти, Ільку, — вів далі дід Овсій. — Бо видно все звідтіля, наче вільному птахові. Та й не сам би там нудьгував... На нашому Городищі, мій батько казали, перший руський ратай спочиває. Сам Микула Селянинович. І спочиватиме він доти, доки на землю нашу не прийде страшна біда. І коли вже мало ратаїв залишиться, тоді підведеться Микула і покаже нечестивцям, де у нас раки зимують... То, може, й мене слабкого та многогрішного, підніме заодно.

Муровець слухав старого, кивав на знак згоди головою і думав про своє. Надто вже легко дісталася нинішня перемога. Підозріло легко. Налетіла лиш одна орда. Налетіла і втекла. А де ж інші орди? Мабуть, зачаїлися десь неподалік. Тільки де саме? І що замислили половці цього літа?

— Микула, кажете... — Муровець поправив свою довбню. — То, коли що, і мене до свого гурту приймете, га, діду?

— Та вже ж приймемо, — силувано всміхнувся дід Овсій. — Тільки не зараз. Стане ще тобі, Ільку, роботи на цьому світі.

— І чого це ви розкаркалися? — гримнула тітка Миланка. Вона притримала свого коня, чекаючи на них. — Люди он радіють, а ви, бач, похорон собі влаштовуєте. І не соромно?

— Та вже ж, — вибачально прогримкотів Ілля. — Вважай, сестро, що нам уже соромно.

І поплескав по крупу свого важковаговика.

Той докірливо скосив око на господаря. Проте ходи не наддав. Мабуть, вважав, що за ці дні він попрацював таки на совість.

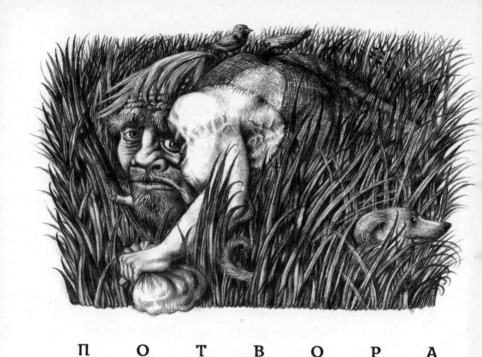

П О Т В О Р А

Дід Овсій лежав на ковдрі обличчям донизу. На його чолі великими крапелинами виступив холодний піт. Поруч повискував Бровко — співчував старому.

На дідовому плечі запеклася широка смуга крові, а навколо неї здувся здоровенний синець.

— Дісталося ж вам, — співчутливо зауважила тітка Миланка і натисла пальцями на одне місце. — Тут болить?

Холодний піт полився ручаями.

— Ні, — скрипнувши зубами, сказав дід.

— А тут? — тітка натисла на інше місце.

Дід подумав.

— Хто його зна. Ніби болить, а ніби й не дуже.

— Це добре,— сказала тітка. — Кістка ціла.

І несподівано смикнула за руку.

— Йо-йй... — дід аж скрутився.

— Усе, діду, все, — заспокійливо сказала тітка Миланка. — У вас, крім усього, ще й вивих був. Мабуть, упали на цю ж руку?

— Може бути, — згодився дід. — Бо той гаспид, розумієш, так вперезав, що в голові і досі макітриться. Якби не Олешко, лежати б мені зараз не тут... Ще смикатимеш?

— Та ні вже... — тітка Миланка наклала на дідове плече якісь мазі і міцно перев'язала його шматком полотна.

— Все. Тиждень-другий полежите, а там і косити можна.

— Ой, дай тобі, Боже, здоров'ячка, Миланко, — подякував дід Овсій.— І що б я робив без тебе?

— Ну що ви таке кажете? — обурилася тітка Миланка. — Ми ж свої люди. Мо', ще чогось треба?

— Та вже незручно й просити... Ну, але як так, то чи не засмажила б ти мені гусака? Він там, у клуні висить. Дуже вже хочеться гусячих шкварок. А ти, Мирку, любиш шкварки?

— Ще й як! — вигукнув Вітько.

— У нас же борщ є, — втрутилася Росанка. — І каша.

— Борщ з кашею — це добре, — відказав дід. — Проте й шкварки не гірші.

Однак ласувати при всіх шкварками дід не квапився. Спочатку він остудив жир, потім перелив його до щербатого горнятка. Горнятко зав'язав у вузлик з полотняної ганчірки.

— Ви кудись збираєтесь? — поцікавився Вітько.

Дід здивовано озирнувся. Здається, старий навіть забув про Вітька.

— Я? Та ні... підвісити хочу, щоб мишві не дісталося.

— А шкварки чому не їсте?

— Ще встигну. Знову щось плече розболілося. Піду, мабуть, полежу трохи.

І, похитуючись, рушив до хати.

Вітько покрутився якусь часину на своєму дворищі і подався на вулицю. До нього одразу ж підбігла Оленка, молодша Лидькова сестричка. Вона войовниче розмахувала дерев'яним мечем.

— Ану, хто кого? — гукнула Оленка і наставила меча на хлопця. — Будемо битися чи миритися?

— Відчепись, — порадив їй Вітько і рушив далі. Після битви з половцями і полону змагатися на дерев'яних мечах, та ще й з дівчиськом, було нецікаво.

Оленка відчепилася. Проте не надовго.

— Якби вмів битися на мечах, то в полон не потрапив би! — ущипливо зауважила вона.

Вітько повернувся до неї і тупнув ногою. Войовничу Оленку наче вітром здмухнуло.

А хлопець зупинився посеред вулиці і замислився. Що б його зараз зробити? Звісно, непогано було б податися до Городища. Та поки туди дістанешся, та там побудеш, та назад вернешся, — уже й ніч настане. А тітка Миланка просила поночі не ходити...

І тут Вітько пригадав, що в чагарнику, одразу ж за дворищем діда Овсія, росте дика малина.

«Мабуть, почала вже дозрівати, — подумав він. — Треба піти поглянути...»

Вітько обійшов дідів паркан з вулиці і заглибився в чагарі. Кроків за двадцять натрапив на густі малинові та ожинові зарості. Через них пролягала ледь помітна стежка. Вела вона до дідового паркану. Чи навпаки. Мабуть, протоптали його Олешко та Ілля Муровець. Внизу, біля самої землі, у паркані виднілася дірка.

А малина, звісно, ще й не думала достигати.

Хлопець уже збирався вертатися назад, як раптом угледів, що через дірку в паркані протискується Бровко. В зубах у нього погойдувався вузлик. Той самий, у який дід Овсій нещодавно зав'язав горнятко з гусячим жиром.

Бровко проліз крізь дірку, обтрусився і діловито потрюхикав стежкою, прокладеною двома богатирями. Схоже, вирішив десь заховатися і без перешкод заходитися біля гусячого жиру.

«От же й злодій! — обурився Вітько. — А прикидався таким пристойним...»

— Діду! — гукнув він. — Ваш Бровко поцупив горнятко з жиром!

Дід не відповідав. Мабуть, так і не вийшов з хати. А от Бровко рвонув уперед, мовби його цвьохнули батогом.

Хлопець подався назирці за чотириногим зло-
дюжкою. Аж упрів, доки наздогнав утікача. Проте
замість злодійкувато чкурнути в кущі, Бровко рап-
том повернувся і загарчав на хлопця.

«Ти диви! — здивувався Вітько. — Украв та ще й
огризається!»

— І не соромно тобі? Ану, віддай горнятко!

Та Бровко вишкірив ікла так, що Вітько поспіхом
відступив — чого доброго, ще й накинутися може!

А злодюжка підхопив вузлик і подався у видо-
линок, що, як і всі видолинки Римова та й сучасної
Воронівки, вели до болота.

Вітько подерся навпростець через кущі. За хви-
лину вибрався на край урвища. З нього добре було
видно звивистий видолинок, трав'янисту галявину
перед болотом і саме болото.

А ще за хвилину з видолинка вигулькнув Бровко.
Зупинився посеред галявини, опустив вузлика на
землю і облизнувся.

«Зараз почнеться», — подумав Вітько і занепоко-
ївся: а що, як пес з горнятком на голові з переляку
рвоне в болото? Проте замість сунути писка в гор-
нятко, Бровко тихенько заскавулів, захвицав хвос-
том і ще раз заскавулів.

Комиші ледь помітно хитнулися і у Вітька відчай-
душно тенькнуло серце, бо на берег ступила потвора.

Скидалася вона на черепаху чи велетенського,
майже на Вітьків зріст, рака. Але той рак мав довгі
мавп'ячі руки, що лише на кілька сантиметрів не
діставали до кінцівок коротких покривлених ніг.

На спині потвора несла горба. І з того горба визирала загострена, ніби стиснута в скронях жахливою силою, голова.

Вітько міцно зіжмурив повіки. Сподівався, що потвора щезне.

Проте вона й не думала щезати. Навпаки, змахнула довжелезними ручиськами і глухо пробубоніла:

— Бу-у...

Вітько відчув, як йому зашпори зайшли у п'яти: точнісінько так бубонів Велес, дідько болотяний. Хлопець хотів повернутися і дати драла, проте ноги немов приросли до землі.

А Бровко ще швидше заметляв хвостом, підхопив вузлика і за кілька стрибків опинився поруч з дідьком болотяним. Той узяв вузлика і вільною рукою погладив Бровка, що аж нетямився з радощів.

— Бу-у... — лагідно бубонів дідько.

Нараз позаду почулися кроки. Вітько озирнувся. До нього поспішав дід Овсій і його обличчя не віщувало нічого доброго.

— Ти що тут робиш? — різко запитав дід.

— Я... — Вітько не знав, що сказати. — Он там...

І він показав униз.

Але потвори вже не було. Лише кола розходилися по воді та Бровко усе ще метляв хвостом.

— Забудь,— крижаним голосом звелів дід Овсій. — Ти нічого не бачив. І нікому ні слова, чуєш?

Д О Б Р И Н Я

Тієї ночі Вітько довго не міг заснути.

А коли заснув, то стогнав так, що тітка Миланка двічі будила хлопця. Все ввижався йому Велес, дідько болотяний. То зненацька в щілині між очеретами змигне його око, то волохаті мавп'ячі ручиська от-от зімкнуться йому на шиї...

Вранці до Вітька підійшов дід Овсій.

— Не ображайся, парубче, за вчорашнє, — зніяковіло мовив він. — Але тобі й справді не треба було бачити те, що ти побачив.

— Я ж не знав, — почав виправдовуватися Вітько. — Я думав, що Бровко украв ваше горнятко з жиром, то й побіг за ним, щоб відібрати.

Дід Овсій кивнув головою.

— Чув я твій голос. Та поки видибав з хати, поки те-се, дивлюся — ніде нікого... Так що забудь про все, Мирку. Це дуже важливо для всього Римова, зрозумів? Навіть дядько Ілько — і той про Велеса майже нічого не знає.

— Забуду, — пообіцяв Вітько. І все ж не втримався, запитав:

— А дідько болотяний дуже лихий, чи ні?

Дід Овсій відповів не одразу. Невиразна хмаринка промайнула по його поораному густими зморшками обличчю.

— Затям собі, Мирку, — сказав він. — Затям назавжди: собаки лихих не люблять.

— Затямлю, — пообіцяв Вітько.

Дід Овсій усміхнувся. Він знову став таким, яким звик його бачити Вітько.

А згодом думки про Велеса взагалі вилетіли з Вітькової голови, бо до Римова увійшло кілька сот княжих дружинників.

Засмаглі, широкоплечі, вкриті густим шаром куряви, вони сиділи, як уліті, на своїх дужих конях. Їхні металеві шоломи виблискували на сонці, аж ставало боляче очам.

У передньому, огрядному сивобородому воїнові римівці упізнали тисяцького Добриню.

Тисяцький уважно поводив навсібіч своїми гострими очима. Здається, він когось шукав. І коли зі свого дворища вишкандибав дід Овсій, тисяцький зіскочив з коня і рушив до нього.

— Все ще тримаєшся, старий мухоморе? — вигукнув Добриня і розвів руки для обіймів.

— Е-е, Добрине, — застеріг його дід Овсій, — обережніше! Мене, розумієш, половець трохи на той світ не спровадив.

— Що, не втримався? — запитав Добриня. — Знов у бійку поліз?

— Та понесла нечиста, — згодився дід Овсій. — Може, заскочиш на хвилю до хати?

Добриня в задумі погладив бороду, та все ж відмовився.

— Ніколи, Овсію. Поспішаю до Городища. Краще вже ти туди заскакуй, є про що порадитися. Чи, може, ті харцизяки тобі заодно й пам'ять відбили?

— Та ні, — відказав дід Овсій. — Пам'ять моя ще при мені.

— От і гаразд. Отже, чекаю.

Вітько зачудовано дивився услід старому воїнові. Виходить, він уже й третього богатиря — Добриню Микитовича — знає! Гей, розказати б про таке хлопцям з Воронівки, — луснули б, мабуть, від заздрощів! Щоправда, той Добриня, про кого вони вчили в школі, здається, був воєводою, а цей лише тисяцький. Ну й що з того? Може, цей Добриня нині-завтра теж стане воєводою!

— Діду, візьміть і мене з собою до Городища! — заканючив Вітько так, як це вміють робити лише на початку двадцять першого століття. — Хочу ще раз побачити Добриню!

І, звісно, відмовити Вітькові дід не міг. Хіба наказав:

— Спочатку ягід полізь нарви.

Десь за годину Вітько з'явився на Городищі. Він згинався під вагою козуба. Ще два кошики з черешнями дід Овсій перекинув через коня.

Дружинники щойно пообідали і подалися на ставок. Лидько з іншими хлопцями погнав їхні коні на луг.

— А це чиє? — запитав Добриня, угледівши за дідовою спиною Вітька. — В тебе ж ніби...

— Це Іванів онук, — пояснив дід. — Тямущий хлопчина.

— А мій, отже, небіж, — доповнив його Муровець.

Ілля всівся на лавицю поруч з Добринею. На широкому столі, мов два шпилі, височіли їхні шоломи. Муровець поставив між ними Вітьків козуб і запустив у нього велику, мов копач, долоню. Першу жменю, як господар Городища, він передав Добрині. Той кинув кілька ягід до рота, вдячно хитнув головою.

— Це ще ті? — запитав діда Овсія. — З Дунаю?

— Еге ж.

— Лепська ягода. У Переяславі такої немає.

Він доїв черешні, відсунув козуб і глянув на Вітька.

— От що, хлопче, пішов би ти краще погуляв, га? А ми тут трохи погомонимо з дідом. Заодно й Олешка поклич.

Не послухатися Добриню Вітько не посмів. Хіба що кинув прохальний погляд на діда. Проте той вдав, ніби нічого не помітив.

Коли прибіг ще мокрий з річкової купелі Олешко, Добриня почав:

— До Переяслава дійшло, що половець знову щось замислив.

— Звісно, що, — відказав дід Овсій. — Поживитися хоче.

— Може бути. І поткнувся спочатку на Римів. А якби вдалося проскочити, то й до Переяслава дістався б. А там, дивися, і Київ обложив би.

— Тепер уже не поткнеться, — безтурботно посміхнувся Олешко. — До нових віників запам'ятає!

— Рано радієш, хлопче, — заперечив Добриня. — Сам же відаєш, що до Римова підходила лиш одна орда. А за Ворсклою ще кілька таких тиняються. Отже...

— Спробує проскочити десь в іншому місці, — сказав Муровець.

— А де саме, відаєш? — запитав Добриня.

— Ні.

— То ж бо й воно. І я не знаю, і сам князь Володимир не відає. Може, збирається під Лукомлем чи під Воїнем прослизнути. А то й від Ромен зайде. Ми ж сильні пішою раттю, проте за кінними вона не вженеться. Тож поки йтимемо від Римова до Ромен, половець прошмигне за нашими спинами — і доганяй вітра в полі! Їхні вивідники теж не сплять.

— Звісно, що не сплять, — згодився дід Овсій. — Он Горошко Печеніг, знаєш, що каже?

— Який Печеніг? — поцікавився Добриня. — Чи не той, що нам біля Буга добряче поміг?

— Той самий. А потім він поселився з того боку римівських плавнів. Від нього, власне, і пішов он той Горошин... — Дід показав на купу дерев, що зеленіли за плавнями. — То він каже, що якийсь дивний люд зачастив до них зі Степу. Ніби хоче породичатися з горошинцями, та, схоже, має щось інше на думці...

Добриня втупився в діда своїми гострими очима.

— А чи не збирається половець пробратися болотом до Римова? — запитав він. — Пам'ятаєш, як він це зробив двадцять літ тому?

— Ще б пак,— спохмурнів дід Овсій — Вдав, ніби на Воїнь наміряється вдарити. Ми кинулися йому наперейми, а він тим часом човнами дістався до незахищеного Городища.

— Так отож. Майже увесь Римів до ноги винищив... То чи не спробує й нині так вчинити?

— Може бути. Але тепер йому навряд чи це вдасться.

— Ти переконаний?

— Атож, — відказав дід Овсій. — Бо ми човнами вже так не розкидаємося. Усі біля нашого берега стоять. І протоки час від часу міняємо.

— Як це? — не зрозумів Добриня.

Дід Овсій зам'явся.

— Та ти не бійся, — підбадьорливо усміхнувся Добриня. — Тут всі свої.

— Ну, добре... Ідіть усі за мною.

Вони зійшли на мур. Внизу перед ними розкинулися безкраї плавні. Лише далеко на обрії, де темніли купини горошинських дерев, вони закінчувалися.

— Посеред плавнів є одна місцина, — почав дід.—

От звідтіля ми й беремо відлік. Скажімо, треба з того боку сюди пробратися. То, бачиш, верба стоїть? — дід повів рукою у бік римівської царини. — А трохи вище — дві груші. То скажеш: груші на вербі — і все зрозуміло.

— Кому скажеш? — запитав Добриня.

— Є тут такі... — ухильно відповів дід.

— Ну, гаразд. А коли я захочу дістатися болотом на той бік?

— Є біля Горошина дерево, громом прибите. Верхів'я в нього, як місяць-молодик. От звідсіля на те дерево й треба напрямок брати. Це зараз. Згодом інші напрямки з'являться.

— То ти що — протоки перекриваєш?

— Потрошку, — визнав дід. — У нас багато плавучих острівців.

— А я візьму й відсуну його...

— А куди й наскільки — знаєш? Штовхнеш не той острівець чи не туди — і замість Римова опинишся біля гирла Портяної. Або взагалі заберешся в таку трясовину, що до кінця життя з неї не виберешся.

— Темне діло, — зауважив Добриня і почухав потилицю. — І хто ж його таке надумав? Чи не ти?

— Не зовсім. Це Печенігова робота. Ну... та й ще дечия.

— Знову темниш, Овсію, — похитав головою Добриня, — чув я про твою дружбу з дідьком болотяним.

— Ну й добре, коли чув, — нагороїжився дід. — І нічого про це балакати.

— Ох, і їжакуватий же ти, старий друже, — засміявся Добриня. — Яким був, таким і зостався. Ну, гаразд, досить про болото. Краще подумаймо про те, як дізнатися, кудою підуть половці.

— А що чути від ваших вивідників? — поцікавився Муровець.

— У тому то й біда, що нічого. Схоже, їх викрили. І тут подав голос Олешко.

— А що, коли їх обвести навколо пальця? — запитав він.

— Кого, переяславських вивідників? — ущипливо поцікавився дід Овсій. — Здається, це й без тебе вже зробили.

— Вічно б вам, діду, присікуватися! — образився Олешко. — Я про половця кажу. Треба зробити так, щоб він повірив, ніби ми подалися кудись на Лубни. Або в інший бік — на Воїнь, ближче до Дніпра.

— Так-так, — жваво підхопив Добриня. — Отже, ми рушимо нібито на Лукомль, а він швиденько через Римів — і на Переяслав. Та якщо ми зачаїмося десь неподалік і...

— Отож-бо й воно, що «і», — засумнівався дід Овсій. — Бо як ти його змусиш повірити в це?

— Будемо думати, — мовив Ілля Муровець.

— Звісно, будемо, — згодився Добриня. — А поки що потрібна розвідка. За Хорол, або й далі. Інакше не дізнаємося, що ті половці затівають.

— Я теж такої думки, — прогудів Ілля Муровець і обернувся до Поповича. — Візьми з десяток дружинників — і гайда. Треба в деякі тайники зазирнути. Може, лишили щось хлопці.

— Оце вже веселіше! — зрадів Олешко. — Тільки я хотів би взяти з собою й Мирка.

— Навіщо тобі це хлоп'я? — запитав дід Овсій. — Що, без нього не зможете вправитися?

— Все одно треба когось із малих брати, — відказав Олешко. — То нехай уже й він привчається. А заодно й оберегом нам буде. Самі ж бачите — у хлопця легка рука. З будь-якої халепи вибереться.

Дід Овсій махнув рукою.

— Ну, коли вже без нього не можете, тоді звісно... Тільки з Миланкою сам будеш домовлятися. А в Горошині не забудь зазирнути до Печеніга. Може, йому вже дещо відомо...

В ГОРОШИНІ

Тітка Миланка спершу й чути нічого не хотіла. Вона просто схопила ломаку і славетний у майбутньому богатир стрілою вилетів за ворота.

— Ну, що ви, — почав ображатися Олешко з безпечної відстані. — Самі ж знаєте, що такі, як Мирко, повинні супроводжувати воїнів...

— Бровко, ану візьми його, — звеліла тітка псові.

Згодилася вона лише тоді, коли до неї заявилися Муровець з дідом Овсієм. Проте останнє слово залишила за собою.

— Тільки ж дивися: коли з Мирка хоч одна волосина впаде, до Римова не повертайся, — пригрозила вона Олешкові.

— Не впаде, тітко, — клявся Олешко, скоса зиркаючи на ломаку, що стояла, прихилена до стіни. — Ми тільки туди й назад. Прогуляємося трохи, та й годі.

— Знаю я ваші прогульки, — відказала на те тітка Миланка. — Але зарубай собі на носі, що я тобі сказала, чуєш?

Отак Вітько й опинився в розвідницькому загоні Поповича.

Спочатку Олешко їхав попереду і про щось безтурботно мугикав. Та одразу за Сулою підкликав до себе Вітька і тихо запитав:

— Росанка казала щось, чи ні?

— Росанка? — неуважливо перепитав Вітько. Голова йому була забита зовсім іншим, адже він оце вперше вибрався в таку небезпечну виправу!

— Еге ж. Тільки ти не подумай чогось такого... То я просто так питаю.

Вітько ствердно похитав головою:

— Казала. І, здається, не дуже добре.

— Не дуже добре? — насторожився Олешко. — Як це розуміти?

— Розумієш... вона казала, що тобі вірити не можна. Бо сьогодні ти тут — а завтра шукай вітру в полі.

— Це я — вітер? — обурився Попович. — Та чи знає вона, що я теж з Присулля? З Ромен родом. І батьки мої загинули від половців. То дідо мене ще малим вивезли аж під Ростов. Отой, що за лісами. А три літа тому там саме побував переяславський князь, то я з його дружиною й повернувся назад.

— А там що — погано хіба було? — поцікавився Вітько.

— Та як тобі сказати. Ніби й не дуже, але така нудота! Сиди і з лісів не потикайся. А тут, — Олешко обвів рукою довкола, — воля! І на мечах є з ким позмагатися... А більше вона нічого не казала?

— Та ніби ні.

— Жаль, — зітхнув Олешко і надовго замовк. Навіть висвистувати перестав.

До Горошина дісталися, коли сонце вже котилося на захід. Зустрічати Олешків загін висипали майже всі. Вітько зі здивуванням відзначив, що багато горошинців були дуже схожі на половців.

— Та вони і є такі, — підтвердив Жила, з котрим Вітько поділився своїм здогадом. — Породичалися з нашими, взялися за плуга — і вже не розбереш, де хто.

— Тоді чому вони не перебралися на наш бік Сули?

— Тісно їм у нас. А тут, кажуть, простір, воля. Вони ж кочівники.

— А коли половець наскочить? Чи він сюди не зазирає?

— Ще й як зазирає! Тоді старі з малими, як і у нас, біжать до болота. А дорослі — хапаються за меча...

А ще Жила розповів Вітькові, що неподалік від Городища пролягає Залозний шлях. Залозний тому, що увесь час ховається за високими лозами. А ще його Гречником називають, бо це не що інше, як старезний шлях із варягів у греки. Тільки сухопутний. Їздять цим шляхом купці варязькі і руські, грецькі й арабські. Навіть половці зустрічаються серед них. Проте зараз на Гречнику порожньо. І це неспроста — мабуть, степовики щось затівають і затримали купців, аби ті не розпатякали русичам...

Слухав Вітько і згадував Ванька Федоренка, що сумнівався, чи є у їхньої Воронівки хоч якась історія. От хай би почув бодай десяту частку з того, про що довідався Вітько, — очі б йому на лоба полізли! І в Колька Горобчика, мабуть, теж. Хоча й кажуть, ніби він знає геть про все на світі.

Потім Жила кудись від'їхав і Вітько приєднався до Поповича. Той гордовито височів на коні межи гурту піших горошинців. Олешко саме закінчив оповідати, як здолав половецького богатиря Рутеню, і тепер перейшов на розповідь про те, як він полонив Змія.

— Аби ви знали, який він став слухняний! — вів Олешко. — Оце вчора підходжу до нього та й кажу: «Ану, дай лапку!». І що ви думаєте — дає! Хіба що косує оком і скрегоче зубами. Але то нічого — у мене не сильно поскрегочеш!

— А ноги в нього великі? — поцікавився лисуватий дідусь.

— Які ноги? А-а, у Змія... Вони в нього, як у ящірки, тільки набагато грубші. — І Олешко зобразив обійми своїми довгими руками. — Десь отакі завтовшки!

— Ого! — сказав хтось із задніх горошинців.

— А що вже половецького духу не переносить! — вів далі Олешко. — Цього я сам його навчив. Піднесу йому до ніздрів половецьке сідло, або ще щось — і в нього з люті аж шерсть дибки стає. Ох, і кепсько доведеться тим поганцям, що втраплять до пазурів мого Змія!

— А хіба в Змія є шерсть? — засумнівався хтось.

Олешко на мить знітився. Проте лише на мить.

— Невже я сказав — шерсть? От бачите, вже ставлюся до нього, як до свого Сірка... — І Олешко любовно поплескав по кінській гриві. — Звісно ж, луска в нього. І міцна, як панцир. Правда, Мирку?

Вітько кивнув головою. А що йому лишалося робити?

Тепер увага горошинців була прикута до нього.

— Чи це не той, що вибрався зі Змієвої нори? — поцікавився горошинець Лидькового віку.

— Еге ж, той самий, — підтвердив Олешко. — Він знає Змієві звички, як свої п'ять пальців. І Змій його, до речі, теж слухається. Майже, як мене.

На них дивилися, роззявивши рота. Проте Вітько зауважив, що кількаро чоловіків, що скидалися на справжніх степовиків, набурмосено зиркають на Олешка. А в одного з них, дебелого вусаня зі шрамом через усю щоку, з очей, здавалося, аж іскри сипалися від зненависти. Щоправда, варто було Олешкові повернутися в його бік, як на обличчя вусаня спливала улеслива посмішка.

Нарешті Попович сказав:

— Ет, забалакався я з вами! Ми ж у справі приїхали, мусимо декого зустріти на Гречнику. А до того треба ще й Печенігові привіт передати від старих друзів. Діди, знаєте, дня прожити не можуть без того, аби комусь не передати привіт.

Юрма з розумінням закивала головами і розступилася перед Олешковим конем.

Коли Олешко від'їхав від гурту, Вітько розповів йому про свої підозри щодо вусаня зі шрамом. Вислухавши, Олешко поплескав по плечу свого малого товариша.

— Молодець, Мирку! Зірке в тебе око, дарма, що пішки під стіл ще ходиш... Гадаю, що не сьогодні-завтра там, — він махнув рукою у бік степу, — знатимуть мої слова про Гречник та приручено-го Змія.

— То навіщо ж ти про них казав? — запитав Вітько.

— Бо треба було щось та говорити. А про що? Невже про те, що дід Овсій остерігається поло-вецького нападу? Ні, нехай вже краще у поганина жижки потремтять від жаху, ніж у нашого діда.

Горошко Печеніг мешкав на белебні, неподалік болота. Його низька, подзьобана негодою й часом напівземлянка ховалася за високим, майже на люд-ський зріст, живоплотом з колючого глоду й шип-шини. Стежки до його обійстя майже не було видно. Схоже, односельчани не дуже часто провідували старого.

Сам Печеніг, приземкуватий дідуган із пласким кругловидим обличчям, у хутряній шапці і такій же безрукавці, скидався на одного з тих кам'яних ідолів, що їх Вітько набачився дорогою до Горошина. Дід Печеніг вийшов з хати і похмуро зиркнув на дружинників. Коли Олешко зіскочив з коня, Печеніг пробурчав:

— Ти що, не міг увесь Римів привести за собою?

І, не чекаючи відповіді, щез за дверима. Олешко озирнувся на своїх супутників, розвів руками і рушив за ним.

Балакали вони недовго. І, здається, балакали не про приємні речі, бо коли вийшли з хати, Олешкове обличчя було вкрай заклопотане. Попович помахом руки підкликав до себе Жилу й Вітька і вони всі разом рушили до болота.

З берега у бік високих очеретів було прокладено чимало протічків. Біля них стояли на припоні човни-плоскодонки. Печеніг, накульгуючи, ішов попереду. Порівнявшись із деревом, всохла верхівка якого скидалася на молодий місяць, непомітним порухом руки показав Олешкові на один з протічків.

— Запам'ятайте це місце, — прошепотів Олешко Жилі та Вітькові. — До Римова можна дістатися лише цим протічком.

Після цього Печеніг, не звертаючи на гостей ніякої уваги, повернувся на своє подвір'я. Струхлявіла хвіртка зачинилася перед самісіньким Олешковим носом.

— Гостинні ці горошинці, нічого не скажеш, — зітхнув один з дружинників. — У тельбусі вже давно буркоче, а Печеніг, бач, хвірткою хряпає.

— Дарма ти так на діда, — присоромив його Попович. — Хіба не бачиш — живе самітній, мов одрубаний палець. Чи до гостин йому?

— А тепер — куди? — поцікавився Вітько, коли дружинники знову вибралися на головну горошинську вулицю.

— На Гречник, куди ж іще, — голосно відказав Попович. Так голосно, що ці слова долетіли до вух вусаня зі шрамом, котрий ніби випадково зустрівся їм на шляху. — А там десь і підвечеряємо. Бо в цього Печеніга, схоже, і снігу взимку не випросиш.

Вусань зі шрамом лише криво осміхнувся на ці слова.

Р О З В І Д К А

Якийсь час дружинники пробиралися у суцільній
темряві. Згодом стало трохи легше — на небо вико-
тився повен місяць.

— Де ж той Гречник? — врешті запитав Вітько
Поповича. — Їдемо, їдемо, а його все нема й нема.

Олешко стиха засміявся.

— Хто тобі сказав, що нам потрібен саме Греч-
ник? — відказав він. — Ні, нам вигідніше їхати
навпростець. Доки той Оверко розшукуватиме нас
на Гречнику, ми вже будемо біля Хорола.

— Який Оверко? Отой, що з вусами і шрамом?

— Той самий.

— То він що — справді ворог? — вражено запитав Вітько. — Половцям допомагає, так?

— Поки що невідомо. Але скидається на те.

— То чому ж ти його одразу не схопив? Або знаєш що... Не треба його хапати. Давай спочатку простежимо за ним.

Вітько уявив, як вони потайки повертаються назад, ховаються в кущах десь біля Оверкової хати і починають стежити. Хмари комарів злітаються до них, кусають обличчя, шию, руки, — проте терплячі дружинники вперто чекають свого часу... І от на порозі з'являється Оверко. Він уважно роззирається на всі боки. Але, звісно — ніде нікого. Тоді Оверко виводить коня за ворота і рушає у бік Гречника. Звісно, він і гадки не має, що за ним стежать римівці. А на шляху Оверка вже чекають кілька постатей. Вони про щось тихо перемовляються. Зненацька вороги завмерли — певно, щось запідозрили. Проте пізно: з одного боку на них вискакує Олешко, з другого — він, Вітько, а з третього — дружинники...

— Простежимо, а потім схопимо всіх! — збуджено зашепотів Вітько Поповичу. — Нумо, Олешку!

Проте замість пристати на Вітькову пропозицію, Попович сказав:

— Це інші зроблять, як буде треба. У нас з тобою, Мирку, зараз не ті клопоти.

Вітько розчаровано зітхнув.

За два поприща від Горошина на них чекав половецький хлопчик. Олешко обійняв його за плечі і поїхав з ним попереду.

Вітько відчув, що його розбирають ревнощі. Він уже звик, що Олешко вирізняв його з-поміж інших хлопців, а тут, бач, говорить до якогось чужинця, як до рідного брата. Ще й за плечі обіймає...

Коли вони закінчили перемовлятися, Вітько під”їхав до них і тихо спитав Поповича:

— А це ще хто?

— Його Гошком кличуть, — відказав Олешко. — Це славний хлопчина. На нього, Мирку, тепер уся наша надія.

Гошко сором’язливо усміхнувся. Вітько зміряв його поглядом з голови до ніг і ледь стримався, аби не пирхнути. Теж мені надія! Навіть Колько Горобчик порівняно з ним мав вигляд справжнього парубка.

Кінь легенько чукикав свого господаря, і в того самі собою почали заплющуватися повіки. Вітько морщив лоба, струшував головою, навіть дав собі декілька потиличників. Але ніщо не помагало. Спати хотілося дедалі дужче.

Часом здавалося, ніби він їде не насправді, а що це йому лише сниться.

Вершники пробиралися сторожко, вервечкою. Мовчали. Одні лише цвіркуни шаленіли навколо них. Трави стояли високі й такі густі, що пробиратися можна було тільки вузькими стежками. Хто їх проклав — людина чи звір? Вітькові кортіло запитати про це Поповича. Проте навіть язик відмовлявся слухатися його.

Високо в небі стояв повен місяць і спостерігав за маленьким загоном, який плив застиглими хвилями степової ковили. Хто занурений по груди, як Олешко, хто по шию, а найменший — той узагалі пірнув у неї з головою.

Олешка місяць знав. Не раз бачив його в нічному степу. Тому з цікавістю стежив за Вітьком, що раз по раз клював носом.

«Бідна дитина, — думав, мабуть, місяць. — Спало б собі під маминою ковдрою. Та ж ні — і його занесло невідь-куди...»

Впали роси. З півночі повіяло прохолодою. Тепер не лише Вітько, а й дорослі дружинники почали клювати носами.

Проте Олешко й не думав спинятися.

— Швидше, хлопці, швидше! — підганяв він свій маленький загін.

Розвиднювалося, коли дружинники нарешті зупинили коней біля якоїсь річки.

— Приїхали, — сказав Олешко і скочив з коня. — Хорол.

Одразу за Хоролом клубочилися рожеві тумани. Зморені коні спрагло припали до води.

На день дружинники зачаїлися в маленькій діброві. Жила подався углиб, а Олешко почав описувати кола довкруж розлогого берестка, що стояв осторонь на ледь помітному пагорбі. Він щось уважно видивлявся в траві. Нарешті скинув чоботи і, наче білка, подерся по стовбуру вгору.

Це було останнє, що запам'ятав Вітько. За хвилину він уже лежав, тицьнувшись носом у пучок кінського щавлю. Спав.

Прокинувся Вітько від того, що сонце почало припікати голову. Сів, протер очі і засоромлено озирнувся. Проте соромитися не було перед ким. Хіба перед власним конем, що, спутаний, щипав неподалік траву. Там же, у затінку під берестком, дрімав кінь Жили.

— Виспався? — долетіло з берестка. — То снідай швидше, та лізь сюди. Будемо стежити в чотири ока.

— А де інші? — поцікавився Вітько, коли опинився на дереві поруч із Жилою.

— Там, де їм треба, — ухилився той від прямої відповіді.

— А той, як його... Гошко?

— Тю-тю, — сказав Жила. — Вони з Олешком ще вдосвіта кудись подалися.

Жила сидів на жердяному помості. За його спиною лежала купка хмизу і прив'ялої трави. Вітько вже знав, що хмиз треба запалити тоді, коли з'явиться щось небезпечне. І дим цей буде видно дуже далеко. А йому у відповідь — ген аж на самому обрії, полине у високе небо ще один дим. І ще. Дими полетять, наче гнані східними вітрами, у бік Римова, Воїня чи Лубен, а за якусь годину переяславський князь уже знатиме, що з'явилися половці. І звідкіля саме.

Вітько усівся на гілці трохи вище від Жили і показав на купку хмизу.

— Самі збирали? — запитав він і, не чекаючи відповіді, додав: — Могли б мені загадати.

— Та ні, — відказав Жила і зморшки збіглися на його обличчі. — То Савка потурбувався про нас.

— А де він?

Жила відповів не одразу.

Він нахилився вперед і почав напружено вдивлятися в далеч — туди, де майже на обрії у повітря злетіло кілька птахів.

А коли птахи знову опустилися у траву, Жила відкинувся спиною до стовбура і лише тоді відповів:

— Немає вже Савки. Два дні, як схопили сіромаху. За крок від власного схрону схопили.

— Чому ж він на дереві не сидів? Звідсіля так добре видно.

— Це вдень видно. А вночі? Підкрадеться до дерева поганський вивідник і зачаїться. А зранку не встигнеш і потягтися, як уже летиш сторч головою зі стрілою у грудях. Тож хлопці на ніч ідуть до схованки, а зранку повертаються. Але й половець теж не з дурних. Що вже ж обачний був Савка, а й того, бач, вистежили... Ану, глянь он туди, хлопче. Що бачиш?

— Купу дерев.

— А по ліву руку?

— Ще два дерева. Ні, три.

Жила задоволено хитнув головою.

— Добрий зір маєш. Тож дивися у той бік, а я — в цей...

І надовго замовк.

Дружинники почали повертатися, як уже споночіло. Останнім під'їхав Попович. Його кінь був змилений — видно, проробив чималий шлях.

— Ну, як справи? — поцікавився Олешко, щойно зістрибнувши з коня. — Вивідали щось?

Дружинники розвели руками. Жоден з них не бачив навіть половецьких слідів.

— Хитрує, поганець, — похитав головою Олешко. — Вдає, ніби й духу його поблизу немає. А, крім Савки, ще двох зняв з дерева. Замість них залишилися Мишко Жук та Міняйло.

Вітько лишень тепер зауважив, що бракує двох дружинників.

Олешко знехотя жував шмат в'яленого м'яса і зосереджено про щось думав. Тоді відклав шмат і сказав:

— Будемо робити вивідку боєм.

— З нашими силами... — засумнівався Жила.

— Чому тільки з нашими? — заперечив Олешко. — От зараз ти поскачеш до Горошина. Піднімеш усіх, хто там є, — і негайно сюди. А заодно й Мирка прихопи з собою. Печеніг знайде, як переправити його до Римова.

— Я хочу з вами, — запротестував Вітько.

Олешко поклав йому руку на плече.

— Ні, Мирку. Тут поважна січа затівається. Може, й не повернеться ніхто.

— Я хочу з вами, будь ласка! — стояв на своєму Вітько.

— Ні, — рішуче відказав Олешко. — Ти краще вислухай мене уважно. Ми рушимо на Голтву. Так і передай Добрині, чуєш? І не копиль губу, рано тобі ще проти половця виходити на прю. Спочатку навчися гінцем бути.

І знову — дорога, висока ковила і холодні нічні роси. Тільки місяця цієї ночі не було — сховався за хмарами.

Сонце вже піднялося високо над обрієм, коли гінці нарешті дісталися до містечка. На заклик Жили відгукнулися зо дві сотні горошинців. Вони поспіхом сідлали коней і збуджено перегукувалися. Мабуть, мандрівка була їм до душі.

— Ну, Мирку, кулею лети до Печеніга, — сказав Жила Вітькові, коли вершники рушили з Горошина. — Втім, спокійніше на душі буде, коли я сам тебе здам з рук у руки, — схаменувся він і махнув горошинцям рукою. — А ви не зупиняйтесь, їдьте за нашим слідом. Я вас потім наздожену.

Вулиці були безлюдні. По дворищах метушилися жінки та діти — про всяк випадок готували до схову збіжжя.

За лозами, звідкіля було вже видно частокіл Печенігового дворища, їм назустріч зненацька випірнули троє кремезняків, схожі на половців. Між ними стояв Оверко.

— Пощо не поїхали з усіма? — насупився Жила.

Оверко ступив наперед.

— Віддай хлопця, Жило, — сказав він.

ВИКРАДЕННЯ КНЯЖИЧА СВЯТОСЛАВА

— Спокійно, Олешку, — вже вкотре наказував собі Попович. — Сядь спокійно і сиди, як усі люди…

Наказував — і сам не вірив, що здатен на таке. Бо хіба ж може звичайна людина сидіти на гілці, та ще й спокійно, коли всього за якесь поприще от-от має зчинитися таке, чого половці і в страшному сні не бачили!

На їхніх очах має загинути княжич Святослав. Той, хто є запорукою безкарних набігів на пере-яславські землі.

А ще Олешко не знаходив собі місця, бо тепер від нього нічого не залежало. Ні від нього, ні від дядька Ілька з дідом Овсієм, ні навіть від самого князя Мономаха. Тепер усе було в руках малого Гошка, онука діда Печеніга. Але чи зуміє цей малий обхитрити пильне око половецької сторожі і непомітно для неї передати листа княжичеві Святославу?

І чи зуміє сам Святослав виконати все, що в тому листі написано?

Те, що вони задумали з дідом Овсієм та Муровцем, здається, ще нікому не приходило в голову. Навіть князь Володимир, коли вони розповіли йому про свій задум, був неабияк вражений.

— Неймовірно, — сказав він. — Я й сам радо взяв би участь у цьому.

— Княже, — відказав на те дід Овсій. — Не гоже такій людині, як ти, займатися тим, чим має займатися звичайний дружинник. Скажу більше: навіть нам з Ільком це не гоже. Бо один уже старий, а другого видно на весь степ.

Отож князь Мономах знову повернувся до Переяслава, а дід Овсій подерся на сторожову вежу. А от він, Олешко, уже другу добу чаїться в цій місцині.

Вдень відсипається в мочарах, а вночі нишком пробирається до Хоролу, щоб в одному місці під берегом вирити таку собі схованку-печерку.

Сьогодні зранку, коли підсохла роса, Олешко ще раз прокрався туди, аби переконатися, що нічого не забув. Оглядини були втішні: схованку надійно прикривало вербове коріння, підмите водою. І помітити її може лише той, хто про неї знав. А на той випадок, якщо хтось із половців намислить бовтатися поряд зі схованкою, Олешко лишив очеретину для дихання під водою.

Княжич Святослав знає, як нею користуватися.

Згадавши про Святослава, Олешко мимоволі всміхнувся. Що вони колись удвох вичворяли! І скарби шукали, і на мечах билися мало не до крові, бо ж ніхто не хотів поступатися. І на конях навперегони гасали, і змагалися хто далі пірне. Переможений зазвичай вдавав з себе коня і мусив з голосним іржанням — щоб весь Переяслав чув і бачив, хто переміг, а хто програв! — гасати туди-сюди понад берегом головної переяславської річки — Трубіжа.

Олешко струснув головою, відганяючи видіння і озирнувся.

Верба, на якій він сидів, схилилася над невеликим мочарем, що всуціль поріс очеретом. В очеретах замріяно кумкали жаби. Неподалік, на лужку, схованому від степу зарослями рогози, випасалося трійко стриножених половецьких коней.

Олешко зумисне вибрав саме їх, бо вони непідковані, а відтак нічим не вирізняються від тисяч інших. А от варто лише проїхатися римівським конем, підкованим на всі чотири копита, як серед половецьких вивідників зчиниться неймовірний переполох: як це тут опинився уруський кінь? І що намислив його хазяїн?

Та й самого Олешка важко було впізнати. На ньому був засмальцьований половецький халат,

а кудлату половецьку шапку він насунув на самі-
сінькі брови. Так що навіть зблизька важко розпіз-
нати, що він не степовик. А коли й щось запідозрять,
він назветься гінцем до хана Курнича від переяс-
лавського князя Володимира Мономаха. І навіть
листа покаже. А що зупинився саме тут — теж нічого
дивного, адже гінець має право зупинятися на від-
починок, де захоче. Особливо коли він добрався до
Хорола від самого Переяслава. А це добряча сотня
поприщ із гаком.

Нараз він зауважив, як ген на обрії стрімголов
промчало кількаро кінних половців. Мабуть, то були
вивідники, що квапилися туди, де горошинські па-
рубки мали змагатися у молодецьких іграх.

Олешко вдоволено усміхнувся: за сьогодні в тому
напрямку прогалопував уже третій гурт. Отже, горо-
шинським хлопцям таки вдалося привернути до
себе увагу всього сторожового Степу. А відтак — кня-
жич Святослав має більше можливостей для втечі.

Але перед цим він має втопитися у хорольському
чорторії. Так, саме втопитися.

Хоча такому плавцеві, як Святослав, зробити це
буде дуже складно. Але так треба. Інакше половці
зможуть подумати, що до його втечі причетні меш-
канці якогось із присульських сіл, і зженуть на них
свою злість.

Олешко ще раз озирнувся, аби пересвідчитись, що
на овиді все спокійно, а тоді знову прикипів погля-
дом до верб, що бовваніли віддалік.

Саме під ними нуртувало кілька великих вирівчорториїв, які затягували у свою круговерть все, що пропливало повз них. А ще з дна били такі крижані джерела, що у найвправнішого плавця одразу судомило руки-ноги.

Звісно ж, княжич Святослав ні в який чорторий кидатися не стане. Він лише розженеться з берега і плигне у той бік, а тоді одразу зверне униз за стрімкою течією. І поки сторожа розбиратиметься, що й до чого, він під водою подолає якихось п'ятдесят кроків і заверне у спокійну, прогріту сонцем заплаву. Саме там, під вимитим вербовим корінням, на нього чекала схованка.

Припікало сонце. Птахи, наполохані Олешковою появою, тепер заспокоїлися і не звертали на нього уваги. Вони перелітали з місця на місце так спокійна й ліниво, що навіть найдосвідченіший вивідник міг подумати, ніби тут нікого немає.

«Ну коли ж вони нарешті з'являться? — вже вкотре запитував себе Олешко. — Чого затягують?»

Вони з'явилися тоді, коли сонце викотилося високо в небо.

Наразі з-за овиду вигулькнуло півтора десятка вершників і помчало уподовж Хоролу.

«Невже їх понесе далі? — стривожився Олешко, спостерігаючи, як передні вершники проминули вербовий гай. — Кепсько. Тоді зі схованкою нічого не вийде...»

Ні, основна маса вершників зупинилася там, де Олешко й розраховував. А передні, не зупиняючись, зробили велике коло і лише тоді приєдналися до решти. Мабуть виглядали, чи немає чогось небезпечного для їхнього полоненого.

Олешко нетерпляче засовався на гілці: зараз мало початися найцікавіше.

За ті два роки, що Попович провів поруч зі Святославом, він добре вивчив звички свого зверхника. Щойно кінні перегони закінчувались, княжич власноруч (цього він навчився від батька) вигулював свого коня.

Цікаво, чи змінилися його звички з того часу?

Ні, не змінилися. Олешко зауважив, як один з вершників спішився і почав водити коня над берегом.

Наразі він щез. Мабуть, зійшов до затону — бо там вода тепліша — і заходився купати свого коня. А заодно й приглядатися до того місця, де мала бути схованка. І лише потому повинен був кинутися у воду сам.

Олешко кивнув головою. Саме це, схоже, Святослав і зробив. Бо на березі лишилося всього двійко спостережників. Решта зіскочили з коней і кинулися до річки. Напевно, наслідували Святославів приклад.

Олешко заздрісно зітхнув. За такої спеки нема нічого ліпшого від річкової прохолоди! Щоб отак, з розгону, кинутися в неї, пірнути аж до дна, знайти, якщо пощастить, джерело і від пуза напитися холоднющої, щоб аж зуби виламувало, води...

А от після купання князеві завжди хотілося їсти. Отже, зараз має початися полювання...

І справді, незабаром маленькі постаті охоронців

знову з'явилися на овиді. З розгону скочили вони на коней і, мов з пращі, розлетілися по степу, аби підстрелити якусь дичину. Бідолахи, навіть гадки не мали, що чекає їх за якусь хвилину.

І вона настала. Наразі ті, хто залишився сторожувати Святослава, забігали, мов навіжені. То мало означати, що князь пірнув у воду, а от випірнути чомусь не поспішав. А що він пірнув у напрямку найбільшого з вирів, то висновок у його охоронців був один: мабуть, той вир підхопив князя і затяг туди, звідкіля не повертаються.

Олешко полегшено зітхнув. Доки сторожі будуть ошелешено дивитися на те місце, доки шукатимуть тіло нещасного княжича, той має під водою доплисти до визначеного місця і там зачаїтися.

От тільки невідомо, скільки йому сидіти в тому сховку... Звісно, вода в мілкому, прогрітому сонцем затоні набагато тепліша, ніж на бистрині, проте за якусь годину-другу і в ній можна закоцюбнути.

Нараз один з вершників відділився від гурту і, нещадно шмагаючи коня, помчав від Хоролу у степ. Не інакше, мав сповістити ханським старшинам неприємну новину про наглу Святославову смерть...

Перед заходом сонця над берегом Хоролу у супроводі чималого почту пролетів опасистий вершник — чи не сам хан хорольської орди Курнич. Спинився він біля верб і почав люто вимахувати правою рукою — мабуть, то його канчук застрибав по схилених спинах охоронців.

Майже до заходу сонця метушилися половці над

берегом. А тоді, як один, рвучко розвернули коней
і щезли в синій імлі..

Коли на небо зійшли рясні зорі, Олешко сторож-
ко, мов степовий лис, прокрався до того місця, де
під хорольським берегом мав зачаїтися княжич Свя-
тослав. Якийсь час наслухав тишу, бо не був певен —
залишили половці сторожу, чи ні.

Проте навколо все мовчало. Тож Олешко схилився
над берегом і стиха погукав:

— Княжичу... Княжичу Святославе, прокидайся...

Внизу почувся тихий плюскіт і нерозбірливе:

—П-п-пп-омм-о-жжи.

Еге ж, добряче таки змерз княжич, коли навіть
вибратися на берег не має сили. Олешко зігнувся,
намацав Святославову руку, і смикнув її з такою си-
лою, що Святослав, мов щука з води, вилетів на сухе.

— З волею тебе, княжичу! — привітав його Олешко.

Княжич відповів щось нерозбірливе. Його тіло
тіпали дрижаки і зуб не попадав на зуб. Не
допомогла й половецька одіж, що її Попович зняв
із себе і накинув на княжича.

— Розумію, княжичу, — співчутливо похитав голо-
вою Олешко. — Зараз не завадило б розвести багаття.
Проте вибач, мусимо якнайшвидше давати звідси
драпака... Ти ще не забув, як ми колись гралися
в коня?

— Н-нні...

— То сьогодні твоя черга бути вершником.

— Й-я б-би к-краще п-ппро-ббі-г, — процокотів
Святослав. — З-зіг-г-рітт-исся б-б...

— Не можна, княжичу, — рішуче заперечив Олешко. — Зайві сліди нам ні до чого...

Святослав кивнув: мовляв, розумію. Тоді задубілими руками охопив Олешкову шию. Попович зачекав, доки той зручніше вмоститься у нього на спині і попередив:

— Іржати, княжичу, теж не будемо, гаразд?

Не дивлячись на дрижаки, Святослав пирхнув. До нього знову повертався гумор.

Олешко добряче впрів, доки дотарабанив княжича до свого денного сховку.

Стривожено захропіли невидимі в темряві коні, зачувши запах чужака.

— Свої, — заспокоїв їх Олешко і зажадав. — Ну, княжичу, злазь, бо треба й совість мати. — А коли Святослав зсунувся на землю, насмішкувато докінчив: — Не повірю, княжичу, що ти в тій неволі тільки те й робиив, що мучився. Тебе ж відгодували, як того гусака на продаж.

— А б-було таке, — згодився Святослав. Тепер він майже не затинався. — Було все — і їсти, і пити, лиш не вільно походити.

— Але на прогульки ти ж ходив, — сказав Олешко.

— Та ходити — ходив, — відказав княжич. — Гуляв, де хотів. Та щойно опинявся біля якогось коня, одразу кілька сторожів виринали, наче з-під землі...

Він глибоко зітхнув, виганяючи з себе останні дрижаки, і вже іншим, теплим і вдячним голосом додав:

— Спаси Біг тебе, Олешку. Не знаю, чи й віддячу тобі колись...

— Ніколи дякувати, княжичу! Краще сідаймо на коні та помчімо до Дніпрових плавнів!

— А чом не до Сули? — запитав княжич. Ноги його вже знову слухались і він одним стрибком опинився в сідлі.

— Ні, княжичу, до плавнів краще. Там нас, коли що, ніхто не шукатиме.

Олешко звернув на слід, що його ще вдень протоптали дикі коні, і вони навперегінці помчали до Дніпра.

За якусь годину в повітрі запахло вільгістю, а тоді попереду затемніли очерети.

Олешко зупинився край плавнів і тричі прокрякав селезнем. На відповідь гучно бухикнув водяний бугай. Ще за хвилину на усіяній зорями воді вималювався силует човна. В ньому сиділо двоє чоловіків.

— Скільки буде двічі по два? — спитав їх Олешко.

— Дванадцять, — відказав один з них. — Тільки чого це ти, Олешку, такий дурнуватий відгук придумав?

— Щоб тобі було про що запитувати, — зблиснув зубами Попович і обернувся до Святослава. — Це, княжичу, воїньські хлопці. Вони тебе доправлять до самого Києва.

— Мені б краще до Переяслава, — затявся Святослав. — Я ж там стільки не був!

— Немає ради, княжичу, — Олешко застережно підняв руку. — Немає ради! Таке твого батька, князя Володимира Мономаха, повеління. Бо ж у Києві тебе мало хто знає. А в Переяславі одразу запримітять, що ти повернувся. А тоді якийсь половецький попихач сповістить про це степ — і половці вважатимуть князя Володимира порушником угоди. Тож не сперечайся і їдь до Києва. А поки що — бувай!

Все ж не втримався. Олешко, на коротку мить припав до княжичевого плеча. Бо що не кажи, а пречудових юнацьких днів, пережитих разом, з пам'яті не викинеш.

Тоді злетів на коня, свиснув і розтанув у темряві.

Олешко поспішав. Треба було встигнути до горошинського гурту, аби перевести молодецькі перегони якомога ближче до Дніпра. Бо хто його знає — може, половці таки щось запідозрять і кинуться навперейми човнові. А молодецькі перегони саме для того й годяться, аби чіплятися до всіх стрічних-пересічних. І доки з'ясується, хто є хто, човен із втікачем уже опиниться на київській землі.

Б О Б Р О В А   Х А Т К А

— Он як... — поволі мовив Жила і прищуленим оком, мовби цілився з лука, поглянув на Оверка. — А я ж тобі за Голтвою колись життя врятував.

— Тому й не забираю сьогодні твого. Проте хлопця віддай. Нам він більше потрібен. Той базікало казав, що Змій і його слухається.

— То ви хочете, аби Мирко привів Змія до вас? — здогадався Жила.

— Атож. А сам іди, куди хочеш. Або лишайся з нами...

Зненацька кінь Жили зробив велетенський стрибок у бік половців. Оверко ледве встиг ухилитися.

— Тікай, Мирку! — гукнув Жила, вихоплюючи меча. — До болота вті...

З кущів свиснула стріла і Жила затнувся на пів-слові.

Вітько пригнувся і рвонув по цілині. Знову свис-нула стріла. Проте пощастило — вона лише заче-пила кінське вухо.

— Зупинись! — гукнув Оверко. — Ми тобі ніякої шкоди не заподіємо!

Вітько пришпорив коня. Він шмагав його нагаєм і гарячково розмірковував, як бути далі. Завернути до Печеніга? Але що може вдіяти один дід супроти трьох половецьких вивідників? Чи чотирьох. Ні, добре мовив Жила — тільки до болота! І не просто до болота, а туди, де стоїть дерево з верхівкою, схо-жою на місяць-молодик...

І Вітько різко звернув до очеретів.

— Стій! — долинуло позаду. А за мить почувся розкотистий дріб копит. Вітько озирнувся — поло-вецькі вивідники скочили на коней. І було їх уже п'ятеро.

Нараз Вітьків кінь закосував очима у бік одного з протічків. Вітько теж позирнув туди і в нього похо-лоло в грудях — у човні навзнак лежав дід Печеніг. Його закривавлена голова звісилася за облавок.

Тупіт наближався.

— Спинися! — волав Оверко. — Однак не втечеш!

А ось і дерево з місяцем на верхівці. Вітько на ходу злетів з коня. Не втримавшись на ногах, кілька разів перекотився. Схопився на рівні і притьмом кинувся до човна. На щастя, той виявився на місці. Та ще й відв'язаний. У ньому навіть тичка була. Кілька хапливих поштовхів — і горошинський берег щез за очеретами.

— Несіть сюди човна! — гукнув Оверко. — Та швидше, йолопи! А двоє лишайтеся на березі. І глядіть мені!

А в Вітька, як на зло, ніс плоскодонки з розгону врізався в кущ рогози. Доки хлопець вибирався назад, від берега долетів гучний виляск. То переслідувачі кинули човна на воду.

— Ну, тепера не втечеш! — почувся вдоволений Оверків голос.

Так, тепер не втекти. За хвилину-другу половецькі вивідники його наздоженуть. Що ж робити?

Нараз Вітькові на очі натрапив майже непомітний бічний протічок. Намагаючись не зламати жодної очеретинки, Вітько повернув човна туди.

Протічок виявився звивистий і вузький. Хлопець з десяток разів відштовхнувся тичкою, тоді зупинився й почав наслухати.

Спочатку було тихо. Лише очерети таємниче шурхотіли між собою. Та незабаром до цього шурхоту приєдналося плюскотіння. Воно все наростало, але за хвилину почало віддалятися — мабуть, переслідувачі подалися далі.

Тепер Вітько не поспішав. Намагався пливти нечутно. Бо хоч і проскочили переслідувачі, проте за очеретами усе ще лунали їхні голоси. Схоже, половецькі вивідники здогадалися, що Вітько їх обдурив. Незабаром вони попливуть назад і побачать, куди він завернув.

Тож не лишалося нічого іншого, як і далі заплутувати сліди. Вітько спрямував човна до іншого протічка.

Кілька разів тичка виривалася йому з рук — потрапляла в трясовину. Доводилося гребти руками назад і визволяти тичку з глевкої пастки.

За тичкою здіймалися хмари намулу і повітряних пухирців. Намул осідав так повільно, що переслідувачам було геть неважко визначити Вітьків шлях.

Вітькові здалося, що він уже цілу вічність кружляє болотом. Проте голоси і плюскіт не стихали, а навіть почали наближатися — схоже, переслідувачі розгадали простенькі Вітькові хитрощі і вже не проскакували зопалу повз ті протічки, куди завертав утікач.

Нарешті хлопець відчув, що сили в нього вичерпалися. Але знав, що ні за яку ціну покладатися на половецьку милість не можна. Краще вже стрибнути в трясовину. Та таку, щоб переслідувачі навіть не мали змоги витягти його звідтіля.

Шукати підходящу трясовину довго не довелося. Нараз тичка увійшла так глибоко, що на поверхні залишився лише її кінець.

Вітько приречено втупився в те місце. Всього десь півметра води, а під нею — бура масна рідина. На вигляд зовсім не страшна. По ній навіть повзали якісь підводні жучки. Та варто лише переступити через облавок, навіть не переступити, а просто перехилитися — і все...

Голоси й шурхіт наближалися. Ще хвилина — і переслідувачі вигулькнуть з-за повороту.

Вітько підвівся.

Зненацька за його спиною почулося тихе:

— Бу-у...

Край потічка стояла потвора. Та, котрій Бровко носив горнятко з гусячим жиром.

Велес, дідько болотяний...

З Вітькових грудей вихопився мимовільний зойк. Болотяний дідько хутко приклав до вуст покарлюченого пальця:

— Бу-бу-у...

Тоді увійшов у воду і поплив до Вітька. Не дивлячись на хлопця, забрався з корми в човен і погріб руками до тички, щоб вивільнити її з трясовини.

А за хвилину Вітьків човен з тихим шурхотом врізався в очерети. Дідько болотяний ніби знехотя відштовхувався тичкою, проте човен плив так стрімко, що вода аж бурунилася за ним. Кілька разів Велес повертав спотворене обличчя до закляклого хлопця і підбадьорливо гудів:

— Бу-у-у...

Тільки тепер Вітько міг роздивитися його як слід. Велес був низький на зріст і кривобокий, ноги мав короткі і теж скривлені. Голова була сплющена з боків, підборіддя випиналося далеко вперед. На спині — крутий горб. Усе тіло поросло рудою вовною. Проте плечі дідька болотяного за шириною, мабуть, не набагато поступалися плечам Іллі Муровця. І руки були такі ж могутні.

Велес зупинив човна перед однією з непомітних бобрових хаток. Показуючи на неї, сказав Вітькові:

— Бу-у... бу...

Звичайно, Вітько нічого не втямив. Дідько болотяний скрушно похитав головою. Тоді сковзнув з човна і пірнув. Вітько побачив, як той поплив під водою до бобрової хатки і щез у чомусь темному, що нагадувало отвір.

А за хвилину з хатки долинуло:

— Бу-у-у...

Дідько знову вигулькнув з отвору й опинився біля човна.

— Бу! — коротко кинув він.

Лише тоді Вітько доп'яв, що Велес наказує йому заховатися у бобровій хатці. Він набрав у груди якомога більше повітря і, намагаючись не здіймати хвиль, перевалився за облавок човна. Руки Велеса підхопили його і штурхонули з такою силою, що Вітько й незчувся, як опинився в якомусь приміщенні з кулястим склепінням та жердяним помостом на рівні очей.

Він видерся на поміст і уважно роззирнувся.

Хатка лише зовні скидалася на боброву. Насправді бобрами в ній і не пахло. Тут мешкала людина.

Приміщення було майже кругле й сягало десь зо два метри в діаметрі. Одна його половина була вимощена сіном і прикрита барвистою ковдрою. Іншу половину займав якийсь продовгуватий шкіряний згорток, старе ганчір'я, кілька глиняних мисок та горняток. Серед них стояло і вищерблене горнятко з гусячим жиром. А отвір, з якого випірнув Вітько, слугував, мабуть, за сіни...

Нараз в отворі з'явилася Велесова голова з прикладеним до вуст пальцем. І знову щезла.

А за деякий час в одній із щілин у стінах хижі Вітько побачив переслідувачів. Вони пропливли так близько від бобрової хатки, що хлопець міг би дотягтися до них рукою. Попереду сидів Оверко і насторожено роззирався навколо. Вітько навіть очі заплющив, аби не зустрітися з ним поглядом.

А коли розплющив, човна з половецькими вивідниками вже не було видно. Довелося зазирнути в іншу шпарку.

Схоже, переслідувачі теж вирішили нікуди не поспішати, бо їхній човен ледь помітно погойдувався на плесі, що виблискувало проти сонця за бобровою хаткою. Половці звелися на ноги й почали озиратися. Зненацька один з них показав пальцем на вузький протічок між очеретів і зраділо вигукнув:

— Ось він де!

З очеретів визирала корма плоскодонки. Вітько і не зважив, коли дідько болотяний устиг її туди загнати.

Половецькі вивідники жваво заворушилися. Задній потягся до тички, щоб відштовхнутися нею від дна. Тієї ж миті позаду вивідників з води вигулькнули дві могутні волохаті руки і рвонули за облавок їхнього човна з такою силою, що всі половці шубовснули у воду.

Випірнуло лише двоє. Не розуміючи, що сталося,

вони відпирхувалися і вибалушеними очима дивилися один на одного. Зненацька Оверкова голова щезла під водою. І лише бульки вказували те місце, де він щойно був.

Половець, який залишився живий, жахнюче зарепетував і чимдуж поспішив до напівзатопленого човна. Проте забратися в нього вже не встиг. Волохаті руки знову випірнули з глибини, вчепилися йому в горлянку і потягли на дно...

Усе це відбулося так швидко, що Вітько, здається, навіть оком не встиг змигнути.

Велесова голова знову з'явилася в отворі.

— Бу-у? — запитав дідько болотяний і виставив перед себе три пальці. — Сс-сі?

Вітько зрозумів, що саме цікавило Велеса.

— На березі ще двоє залишилось, — сказав він. — А діда Печеніга вони вбили...

Дідько болотяний зі злості вишкірив широкі рідкі зуби. Тоді потягся до шкіряного згортка і разом з ним щез в отворі. Крізь щілину Вітько побачив, як біля очерету дідько розправив його — і згорток перетворився на невеличке шкіряне човенце. Велес похапцем вставив поперечини, забрався в нього й почав гребти туди, звідкіля припливли половецькі вивідники.

А Вітько зостався наодинці з болотом. Загадково шуміли очерети, в хижці гуляли легкі протяги. Через протічок заклопотано переплив водяний пацюк. Неподалік голосно закрякала качка і почулося лопотіння крил. Вітько сидів на помості, дивився у всі щілини і гадав, як йому бути далі, — чи то дочекатися Велесового повернення, чи витягти з очеретів свого човна і на ньому дістатися до Римова.

І тут почулося віддалене:

– Велесе, дідьку болотяний! Груші на вербі?

Хлопець радісно стріпнувся. Сумніву не було — то подавав голос дід Овсій.

За хвилину дід Овсій загукав знову. Цього разу в його голосі вчувалася тривога. А ще за якийсь час його плоскодонка випірнула з очеретів на плесо.

– Велесе! — стиха погукав він.

І доки хлопець роздумував, відповідати дідові чи ні, а коли відповідати, то за кого саме: за себе чи за болотяного дідька, — дідова голова з'явилася в отворі.

У напівтемряві дід не розібрав, хто перед ним сидить. То ж з докором почав:

– Ну, Велесе! Що ж ти не відгукуєшся... — І каменем пішов на дно. Випірнувши, вражено запитав:

– Мирку? Як ти сюди?..

– Мене Велес тут заховав, — пояснив Вітько.

– Щось трапилося?

– Еге ж. За мною погналися на човні троє половецьких вивідників. А ще двоє лишилися на березі...

У цю мить з того боку, куди подався дідько болотяний, пролунав розпачливий крик. Згодом — ще один. Дід Овсій прислухався.

– Скидається на те, що немає вже тих двох, — сказав він. Тоді вибрався на поміст і зажадав:

– А тепер розповідай, як ти тут опинився!

До Римова поверталися мовчки. Насуплений дід Овсій відштовхувався тичкою. Вітько сидів на носі човна і думав, як же нелегко живеться його далеким прародичам. Всього лише два тижні, як він потрапив до Римова, — а вже скількох немає! І серед них той дружинник, що перший вступився за Вітька. А тепер ось і Жила.

І невідомо ще, чи повернеться Олешко...

Поступово його невеселі думки перейшли на дідька болотяного. В тому, що це була людина, Вітько тепер не мав ані найменшого сумніву. Але хто його так спотворив? І чому він живе на болоті, та ще й у бобровій хатці?

Дід Овсій казав, що собаки злих не люблять. А Бровко до Велеса горнеться, як мале цуценятко. То, виходить, дідько болотяний добра людина. Коли це, звісно, таки людина. Тоді чому ж його бояться як у Римові, так і в Горошині? Навіть дітей ним лякають. Вітько на власні вуха чув, як одна римівська мати страхала свого хлопчика такими словами: «Не слухатимешся — схопить тебе дідько болотяний!» А горошинські жінки?

— Діду, — подав голос Вітько. — Чому б не розказати всім у Горошині, що тих п'ятьох покарано як половецьких вивідників? І що діда Печеніга вбив зовсім не Велес.

Дід Овсій вкотре відштовхнувся тичкою і перевів погляд кудись над очерети.

— Не треба нічого казати, — мовив він по довгій паузі. — Нехай думають, що Велес і справді лихий дідько. Менше тинятимуться плавнями. А то один поткне носа до них, інший — а там, дивись, і якийсь поганський вивідник почне хазяйнувати в плавнях, наче у себе вдома.

— А чому ж тоді горошинці ховаються від половців саме у плавнях? — зауважив Вітько. — І наші теж. Я сам чув від Жили.

— Звісно, ховаються. Проте не поодинці, а гуртом. Бо ж болото — то наш останній прихисток. І негоже в ньому товктися, кому заманеться...

— То, виходить, що коли ховаєшся від половця в болоті, то Велес нікого не чіпає, так?

Дід Овсій ствердно хитнув головою і притримав тичку у воді, щоб човен повернув убік.

— А коли хтось із цікавості полізе в болото, то Велес тут як тут... — розмірковував Вітько далі.— Підкрадеться під водою, переверне човна... А коли треба, то й притопить трохи, щоб більше налякати. Так, діду?

— Все може бути, — відказав дід Овсій.

— А потім, коли побачить, що людина налякалася, відпускає її... А може, не відпускає?

— Все може бути, — повторив дід.

Вітько замовк. За хвилину озвався знову:

— Діду, а де Велес живе взимку?

— Звісно, не під кригою. До лісу він іде. Там є такі місця, куди зроду не ступала людська нога.

— А чому не до Римова? Чому ви його не берете до себе?

Дідове зітхання було схоже на стогін.

— Не можна. Треба, щоб його боялися. А бояться того, кого не бачать. Все, Мирку, годі про це...

Вітьковій появі тітка Миланка зраділа неймовірно. Навіть прослъозилася з радощів. Все ж поцікавилася:

— А чому ти сам повернувся? Де ж інші?

— Нежить у нього, сусідко, — поспішив втрутитися дід Овсій. — От його Олешко назад і відіслав. Бо ще, чого доброго, всі поганці розбіжаться, коли заходиться чхати.

І справді, у Вітька трохи крутило в носі. Проте не настільки, щоб від його чхання половці дали драла.

— Вареників хочеться, — сказав Вітько і хитро зиркнув на діда Овсія. — З сиром. Так зголоднів, що, здається, цілу макітру з'їв би.

— Вареники — це сила, — підтримав хлопця дід Овсій. — Я теж не відмовився б від макітерки.

— Будуть вам вареники, — пообіцяла тітка Миланка і поквапцем подалася до багаття.

Зраділа Вітькові і Росанка, хоч і не так, як її мати. В синіх Росанчиних очах зачаїлася тривога. Схоже, вона чекала не лише свого брата.

Олешко прибув на четвертий день. Зачувши кінський тупіт, Росанка жбурнула шитво і кинулася до дверей. Проте у дворі вдала, ніби квапиться у своїх справах і Олешка побачила зовсім випадково.

— О, — здивовано сказала вона. — З'явився, не забарився... — Мамо, тут до Мирка друзі приїхали!

— То клич до столу! — привітно відгукнулася тітка Миланка.

Попович, укритий пилюкою з голови до ніг, притримав коня.

— Чом це вони такі лагідні? — насторожено поцікавився він у Вітька. — Мабуть, хочуть дати чосу за те, що Оверко гнався за тобою? Та хто ж його знав, що він здатен на таке?

— Не бійся, вони нічого не знають, — заспокоїв його Вітько. — Дід Овсій велів нічого нікому не розповідати.

— Ну, тоді інша справа, — повеселішав Олешко і зіскочив з коня. — А за Жилу, Мирку, ми їм добряче відімстили. Більше трьох десятків половців наклали головою.

Проте пообідати Олешкові так і не вдалося. Вулицею вже тупотів гінець з наказом негайно прибути на Городище.

— Ну, розказуй, що виїздив, — поцікавився Добриня, щойно Олешко зіскочив з коня. Поруч з тисяцьким сиділи Ілля Муровець та дід Овсій. Перед ними стояв кошик з черешнями — єдине дідове багатство.

— Майже нічого, — відказав Олешко і теж сів до столу. — Хіба що половців у степу, як тої сарани. Але зачаїлися, наче куріпки напровесні...

Добриня полегшено зітхнув.

— Отже, ще нікуди не пішли, — сказав він. — Це добре.

— Добре то воно, звісно, добре, — згодився і дід Овсій. — Та час уже думати і про те, як їх спрямувати туди, куди нам вигідно.

— А куди нам вигідно? — поцікавився Олешко.

— Було б непогано, якби сюдою пішли, — відказав дід Овсій і глянув на Муровця з Добринею. Ілля Муровець на знак згоди хитнув головою, а Добриня мрійливо додав:

— Так, це було б прегарно.

— Тоді не сушіть собі голови, — усміхнувся Олешко. — Я оце коли повертався, то все продумав.

— Ну-ну... — підбадьорливо прогудів Муровець.

— У нас у порубі сидить Андак, — почав Попович і додав на той випадок, коли хтось забув про це: — Син половецького хана Курнича. То він має якось дізнатися, ніби ми, щоб перехопити половців, з Римова вирушаємо на Лукомль чи ще кудись. А як дізнається, то треба помогти йому із втечею.

Добриня пошкрябав пальцем свого вуса.

— Щось дуже просто у тебе виходить, — з сумнівом сказав він. Хоча й видно було, що тисяцькому ця думка припала до вподоби. — Але хто зможе натякнути? Хто допоможе втекти?

— Ну, це не так уже й важко, — повільно відказав Ілля Муровець. — Гадаю, що у нас такий знайдеться.

— Це хто ж такий, цікаво знати? — поцікавився дід Овсій.

— Та ви, діду. Хто ж іще.

— Що-о? — обурено підхопився дід Овсій. — Та ти хоч трохи тямиш, про що варнякаєш? Та звірота у мене всіх винищила, а я — допомагатиму? Ну, Ільку, цього я від тебе не чекав...

— Не сердьтеся, діду, — примирливо забубонів Муровець, ховаючи посмішку у вусах. — Коли на те пішло, то я сам би з радістю взявся за цю справу. Але мене кожна собака впізнає, не те, що полинець. Тож лишаєтеся тільки ви з Олешком, бо прилучати до цього діла зайвих людей не варто.

— Олешка теж знають, — втрутився Добриня.

— Подумаєш! — презирливо пирхнув Попович. — Я бороду причеплю.

Дід Овсій зневажливо махнув у його бік рукою.

— Він причепить... Мовчав би вже, патякало!

— Ну, то як? — запитав Добриня. — Виходу, Овсію, нема.

— Та вже бачу, — пробурчав дід Овсій. — Добре, кажіть, що маю робити.

ВТЕЧА АНДАКА

Андакові здавалося, ніби він сидить у порубі вже цілу вічність. Перші дні син половецького хана Курнича кидався, мов розлючений звір у клітці.

Пекло йому не те, що він зазнав поразки біля Портяної. Бо не перемоги жадали від нього половецькі хани. Римів був найкоротшим шляхом до Переяслава. І Андак мав дізнатися, чи є в ньому сторожова застава русичів, і скільки дружинників вона налічує.

І не за втечу картав себе син половецького хана. Втікати йому не первина. Картав за те, що під час цієї втечі кляті русичі ошукали його, як малу дитину. Ну, хто ж знав, що скрадатимуться по його слідах цілу ніч? Раніше такого не бувало. Лише відбивали напад, та й потому. Бо ж пішим військом сильні русичі. О, то справжня скеля — піше руське військо! А кінні — не дуже. Малувато кінного війська у них. Чи не тому, що шкодують своїх коней, значно дужчих, ніж половецькі, але набагато й повільніших. Бо звикли рало за собою тягати, а не вершника носити.

Тож і дав тоді Андак наказ на відпочинок. А русичі, бач, налетіли удосвіта, мов коршуни на сонних курчат. І не на своїх, а здебільшого на щойно захоплених кониках. На його ж, Андака, конях! Очевидно, Змій наддав їм сили і нахабства.

Та коли згадував світлий Андак, як полонили його самого, — зубами ладен був скреготати від злості та сорому. Вважав себе майже рівним богатиреві Рутені. А тут якийсь молодесенький русич, майже хлопчисько, зневажливо свиснув у бік Андака, послав у нього стрілу і помчав за втікачами. Андак почав завертати коня, щоб перехопити нахабу, проте не встиг. На нього вихором налетів Попович, той самий, котрий здолав непереможного Рутеню. Покотився світлий Андак мішком по землі і мусив здатися, бо пішний половець супроти кінного русича не встоїть.

І поки хлопчик-русич за повелінням Поповича зв'язував Андака, син половецького хана з безсилою люттю спостерігав, як повз них наполоханою мишвою прошмигували вже поодинокі ординці. Жодному з них навіть на думку не спадало стати на захист свого мурзи — ич, боялися за своє погане життя! Ну, нічого, він, Андак, колись таки та вибереться з цього поруба і тоді жодної боягузливої голови не пошкодує!

А те, що він повернеться до орди, Андак не мав сумніву. Всім було відомо, що русичі ніколи не вбивали своїх бранців. Здебільшого брали за них викуп, або мінялися полоненими. Бо дурні. Нищити треба, нищити всіх, хто під руку потрапить! Щоб не було потім кому меча підняти...

Два дні лютував Андак, неприборканим звіром кидався від стіни до стіни. А на третій день знесилено усівся в кутку на оберемок соломи й почав прислухатися до щонайменшого шурхоту над головою. Сподівався, що русичі от-от прийдуть до нього і почнуть торгуватися щодо викупу.

Проте минув третій день, і четвертий, і п'ятий, — а ним, Андаком, ніхто не цікавився. Підлі русичі вдавали, ніби такого поважного бранця, як син половецького хана, зовсім не існувало. Хіба що зранку жбурнуть йому, як собаці, шмат перепічки з м'ясом та опустять глека з водою...

Тоскно було на душі в Андака. Тоскно й тривожно. Дивно, чому це русичі мовчать про викуп? Невже так розбагатіли, що не потрібне їм більше ні срібло, ні найкращі ханські табуни?

Тривожився Андак і ще уважніше прислухався до всього, що чинилося над його головою. А над головою начебто все було так, як завжди. З раннього рана до пізньої ночі лунали голоси, кінське іржання, чувся брязкіт криці.

Уночі ж було тихо. Хіба що хтось із русичів-дозорців перекинеться словом з товаришем. І знову тихо. І все ж Андак був переконаний, що русичі щось намислили.

Вчора, наприклад, до нього долетів короткий уривок розмови між двома дружинниками. Що то були саме дружинники — Андак визначив з дзенькоту зброї. Видно, дружинники змагалися на мечах. Потім захеканий густий бас промовив:

— Дістали чосу поганці. Тепер уже на Римів нізащо не поткнуться.

— Атож, — підтакнув інший голос. — Тепер вони обходитимуть наш Римів десятою дорогою. А коли знову захочуть перебратися через Сулу — то тільки біля Лукомля чи навіть Ромен... А ти знаєш, що замислили на це Муровець з Добринею?

Андак уже бачив Муровця в бою. Тепер ні за які медяники не підступиться до нього! І про Добриню він теж чув.

А от що саме замислили Муровець з Добринею, Андак, на жаль, так і не довідався, бо дружинники, схоже, подалися до гридниці. Вчора не дізнався. А сьогодні йому дещо стало зрозуміло.

Неподалік тихо засперечалося двійко дітей. Мабуть, сиділи вони в заростях терну чи шипшини.

Коли Андака вели до порубу, він встиг роздивитися, де що знаходиться в римівському Городищі.

Праворуч від вхідної брами височіла сторожова вежа. Ліворуч — гридниця, де спочивали дружинники. За нею — кузня, кліті та комори.

А сам поруб знаходився у найзанедбанішому кутку Городища. До нього майже впритул підступали густі зарості терну, шипшини та кропиви — найкраще місце для дитячих ігор. Звідсіля дітлахи бачать усе, а от їх — ніхто.

Власне, ці дитячі розмови Андак чув чи не з першого дня свого сидіння в порубі. Але то були такі розмови, до яких дорослі зазвичай не прислуховуються. Про видрані пташині гнізда, про гру в піжмурки та про те, хто кого переміг у змаганнях на дерев'яних мечах.

Але сьогодні...

— А я тобі кажу, що збираються, — неголосно доводив своє якийсь хлопчак.

— Брешеш, — відказував перший. — Нікуди вони не збираються.

— А от і збираються! І Змія з собою поведуть. Я сам учора чув, як дядько Ілько з Поповичем про це балакали. Вони греблею проїжджали, а я там раків ловив. То дядько Ілько кажуть...

— Тс-сс! Тут же отой половець сидить...

— Ну, й нехай собі сидить. Я чув, що його до Переяслава мають повезти. Сам князь Мономах хоче з ним побалакати...

— Ви чого це тут повсідалися? — зненацька гримнув на них чоловічий голос. — Ану, горобці, киш звідсіля!

Почулося дрібне тупотіння легких дитячих ніг і все затихло.

Отже, русичі кудись збираються. І коли діти не брешуть, то беруть з собою і Змія. При згадці про Змія світлого Андака пересмикнуло. Бр-рр... Ніяк не забути йому того мертвотно-сліпучого ока. А ревище Змієве до цього часу відлунює в вухах...

Під вечір Андакові вдалося підслухати ще одну розмову.

— Чи не зарано готуєшся, га, Олешку? — долинуло звіддалік.

— Вам, може, й зарано, а мені саме час, — відказало поблизу голосом Поповича. — Змія туди поведу.

— А він що — не хоче вже літати?

— Хоче, але я крило йому підрізав! Бо хто його зна, що йому стрельне в голову, як злетить у небо.

Правду казали ті дітлахи. Бо наступного ранку ще з удосвіта заворушилося Городище, затупали сотні ніг, заіржали коні.

А десь під обід русичі пішли. В Городищі усілася така тиша, що чулося крякання качок у плавнях.

І знову шаленство охопило Андака. Заметався він по ямі, до крові відгриз нігті на пальцях, бив носаками у вологі стіни порубу. Він віддав би зараз усі багатства, які мав і буде ще мати, щоб негайно опинитися у своїй орді, чи хоч повідомити про те, що почув!

Пізно уночі над ямою пролунав невиразний шурхіт. Так, ніби хтось обережно підкрадався до порубу.

Андак затамував дух.

За хвилю до нього озвався чийсь тихий голос:

— Спиш, Андаче?

— Ні, — насторожено відказав Андак. — Хто ти?

— Потім дізнаєшся. А зараз хочу помогти тобі втекти до своїх.

Кров шугонула Андакові в скроні. З радощів сперло дихання.

— А як ти це зробиш? — нарешті запитав він.

— То вже моя справа...

За якийсь час на дно поруба посипалася земля. За нею опустилася жердина з коротко обрубаним гіллячням.

Андак миттю вибрався нагору й озирнувся. Ніде нікого. Тільки на тлі темних кущів невиразно біліла людська постать — мабуть, то був його рятівник.

— Гайда за мною! — пошепки наказав рятівник і напригинці рушив попід муром. Він був невисокий на зріст, кремезний. Легка зсутуленість виказувала в ньому людину вже похилого віку. Втікачі нечутно проминули кузню і опинилися над краєм урвища.

— Але ж тут високо... — нерішуче почав Андак. Він ще з-за Сули запримітив, які стрімкі кручі навколо Городища. А надто в тому місці, де воно сходить до болота. А що внизу було саме болото, Андак не сумнівався. Звідтіля тягло прохолодою, тванню і долинав непогамовний шурхіт очеретів.

— Тс-сс... — засичав рятівник. Він щось похапцем шукав у кущах.

— Ага, осьдечки вона, — нарешті вдоволено прошепотів він.

То була мотузка. Рятівник прив'язав її до дерева, що височіло над урвищем. Другий кінець закинув у прірву.

— Я — перший, ти — за мною, — прошепотів рятівник Андакові. — Тільки спускайся, коли свисну, бо мало хто може підстерігати внизу...

Рятівникова голова сховалася за краєм урвища. Андак з острахом почав прислухатися до звуків, що долинали з плавнів. В орді казали, ніби десь тут чаїться дідько болотяний. І немає від нього половцям ніякого спасіння.

«Може, не варто лізти? — промайнула думка. — Це ж вірна смерть...»

Тієї миті знизу долинув приглушений посвист. Андак глибоко зітхнув, наче перед стрибком у крижану воду, і почав спускатися.

Рятівник чекав на нього в човні. Він був не сам. Біля його ніг глухо загарчав пес.

— Тихо, Бровко, тихо, — наказав йому незнайомець. — Ну, що ж, рушаймо, — сказав він, коли Андак обережно обійшов пса і всівся на носі.

— Стривай, — сказав син половецького хана, коли незнайомець збирався відштовхнутися тичкою від берега. — Я чув, що десь тут живе...

— Помовч! — зупинив його незнайомець. — Бо ще накличеш його на свою голову.

Відштовхнувшись, додав:

— Він своїх не чіпає. Може, й тобі пощастить. Тим паче, що з нами Бровко.

Пливли довго. Рятівник часто міняв напрямок.

Андак лише дивувався, як йому вдається знаходити дорогу в такій темряві.

— Я тобі заплачу, — палко шепотів він своєму рятівникові. — Ти станеш найбагатшим серед русичів. У нас і срібло є, і табуни.

— Заплатиш, то й добре, — байдуже згодився рятівник. — Тільки знай, що я не за табуни тебе рятую. Муровцеві хочу насолити, от що! Є в нас такий...

— Знаю, — сказав Андак.

— Образив він мене і увесь рід мій. Дуже образив. І немає йому ніякого прощення... А тепер, ханичу, уважно слухай, що я тобі казатиму. Отож подалися наші на Лукомль, бо впевнені, що сюдою ви вже не підете. І Змія з собою взяли. О, то така тварюка! Світ ще не бачив гіршої. Добре, що хоч крило підрізане. І все ж не на всякому коні від нього втечеш... Так що не йдіть тудою на Переяслав. Ідіть сюдою. Бо залишилося в Римові десятків зо три дружинників, не більше. Та й то здебільша каліки чи поранені. Тямиш, до чого я веду?

— Ні, — визнав Андак.

— До того, що похід на Лукомль — то Муровцева затія. Тож коли ви тут проскочите — кому першому князь Володимир знесе голову? Йому. Бо велено було Муровцеві захищати Римів до останнього воя, а він кинув його напризволяще. Тепер зрозумів?

Андак тихо засміявся.

— Ще б пак!

Нарешті ніс човна м'яко вдарився об берег. Рятівник допоміг Андакові вибратися на сухе і докінчив:

— А зовуть мене дід Овсій. Це щоб ваші знали, коли заскочать до Римова. Дід Овсій, запам'ятаєш? Ну, а з ним і рід його.

— Запам'ятаю, — пообіцяв Андак. — І будь певен: тебе і рід твій відтепер ніхто з половців і пальцем не зачепить.

Вони рушили берегом. Бровко не зводив з Андака настороженого погляду. І варто тому було різко здійняти руку, як пес погрозливо гарчав.

Незабаром Андак розгледів у темряві силует коня.

— Бувай здоровий, ханичу, — сказав дід Овсій. — І пам'ятай: не тільки за викуп працюю.

— Пам'ятатиму, — знову пообіцяв Андак. — Чекай у гості!

Коли кінський тупіт розчинився удалині, дід презирливо сплюнув на землю:

— У гості, бач, напрошується... Нічого, хай приїздить. Тільки тоді балакати будемо інакше.

Повернувшись до човна, біля якого вже радісно повискував Бровко, дід тихо покликав:

— Виходь, брате. Хоч побалакаємо наодинці як слід. То, кажеш, знову ноги крутить?

— Бу-у... — пожалілося з темряви. — Бу-у...

СМЕРТЬ ДІДА ОВСІЯ

Звісно, ні на який Лукомль дружинники Добрині та Муровця не пішли. Вони зупинилися в лісі, за півдня неспішного переходу від Римова. А гінці мчали далі, на Переяслав, де князь переяславський Володимир Мономах спішно збирав велику рать.

Сам Добриня з півсотнею старших дружинників отаборився у лісі ще ближче, одразу ж за Римовим. Потаємними стежками вони обійшли село і зупинилися на залісненому узвишші, звідкіля було видно не тільки Римів, а й Сулу, і все, що творилося за нею.

Поміж дорослих крутилося й декілька римівських хлопців. Вони готові були виконати будь-який наказ Добрині чи Муровця.

Звісно, не обійшлося і без Вітька.

А на світанку другого дня придибав до загону дід Овсій з Бровком.

— Усе гаразд, — мовив він. — З Горошина передавали — чекайте гостей.

День тягся нестерпно довго. Час від часу то один, то інший дружинник під'їжджали до узлісся і довго, до болю в очах, вдивлялися у бік Сули. Та за нею не було ані душі.

Вогнищ Добриня розкладати не велів. На ніч влягалися просто неба. З недалекого Римова долітало ґелґотіння гусаків, мукання і затяте собаче валування.

Вітько лежав горілиць на оберемку свіжої трави і вдивлявся у синю темряву неба, густо всіяного яскравими блискітками зірок. Лежав і дивувався, якими ж різними можуть бути ці зорі. Тоді, у половецькому полоні, вони здавалися йому такими далекими й холодними, аж мороз проймав поза шкірою. Чи не тому, що був серед чужинців?

А тут вони теплі й близькі. І то одна, то інша зірка підбадьорливо підморгувала до нього. З чого б це? Мабуть, тому, що він серед своїх.

З одного боку від Вітька розмістився Лидько. Спав він неспокійно, час від часу смикав плечем і щось бубонів. Мабуть, уже бився з половцями.

З іншого боку розлігся Ілля Муровець. Славетний богатир як поклав голову на сідло, так одразу ж і заснув. Спав тихо й міцно, як може спати лише мала дитина.

Неподалік, під кущем, розташувався Добриня з дідом Овсієм. На відміну від Муровця, їм не спалося. Спочатку вони тихо гомоніли про свої давні літа. Згодом Добриня почав жалітися:

— Краще б уже, друже Овсію, десять разів битися, ніж ото чекати. Ну, геть дурним стаю, коли не відаю, що й до чого.

— Я теж, — зітхнув дід Овсій.

— Не кажи. По тобі не видно.

— По тобі теж...

— Гей, діди, — не прокидаючись, подав голос Муровець. — Спіть уже, спіть, бо зараз ломаку візьму!

Діди тихенько захихотіли і замовкли.

Ще й не розвиднілося, як старшини знову зачаїлися біля узлісся і прикипіли поглядом до Сули.

Тумани густо пливли над землею. Здавалося, вони затопили всенький світ. За ними не було видно навіть сонця, яке мало стояти вже доволі височенько.

Дід Овсій тихо сперечався з Добринею.

— Як ти гадаєш, — казав Добриня. — Чи не пора нам послати по дружину? Даремно ми так далеко її відіслали.

— Не бійся, не даремно, — заперечував дід Овсій. — Навпаки, треба було ще далі відіслати. Сам же знаєш, що половець без вивідки і кроку не ступить.

— Знати, звісно, знаю, але ж отут-о... — І Добриня прикладав широку долоню до грудей. — А раптом вони оце в тумані підкрадаються!

— Рано ще їм. Вони хоч і половці, та не птахи.

Зрештою сонце викотилося з-за туману. Стало припікати. Муровець мовчав. Лише кусав одну травинку за другою. І з тої кусаної трави вже можна було сніп набрати. На Добриню важко було дивитися. Він то зітхав, мов ковальський міх і витирав спітніле чоло, то злазив з коня і, втупившись у землю, ходив навколо нього. Збоку могло здатися, що він шукає гриби.

— Ну, чого б я ото так крутився? — пошепки дорікав йому дід Овсій. — Прийде коза до воза. Нікуди твої половці не дінуться.

— Твоїми б вустами та мед пити, — ще більше схилявся над землею переяславський тисяцький. — А раптом вони на Лукомль рушили?

І лише десь під вечір дід Овсій зненацька насторожився.

— Чуєте? — запитав він.

З глибини болота долинуло протяжне і густе ревіння.

— Водяний бугай, — сказав Добриня. — Ну то й що?

— А те, що половці йдуть...

Дружинники прикипіли очима до Сули.

Половці з'явилися, як грім з ясного неба. Всі вдивлялися в далечінь — а вони випірнули з-під очеретів майже навпроти узлісся, де крилися русичі. Було їх десятків зо два.

— Вивідники, — видихнув Олешко, котрий щойно повернувся від захованого у лісі війська.

— Атож, вони, — згодився Добриня і полегшено зітхнув.

Половці повільно обминали очерети. Вони їхали вервечкою, один за одним. На перехресті доріг зупинилися і почали про щось радитись. Тоді більша частина подалася у бік Римова, а п'ятеро сторожко рушили туди, де принишкли старші дружинники.

Тепер Добриня захвилювався, але вже з іншої причини.

— От же ж халепа, — буркотів він. — Чого доброго, рознюхають, що ми тут — і шукай вітра в полі.

— Може, відійти углиб лісу? — запропонував Олешко.

— А сліди куди дінеш? Бач, скільки натовкли!

Дід Овсій у цю розмову не встрявав. Він про щось напружено думав. А коли половці наблизилися до лісу на відстань одного польоту стріли, дід Овсій сказав:

— Ви от що... Замріть тут і нічого не затівайте. Хоч що б сталося — ані пари з вуст!

Потому скочив на коня і подався через узлісся на Римів. За ним потрюхикав Бровко. Дід їхав не криючись. Навіть мугикав якусь безтурботну пісеньку. На лисуватому пагорбі зненацька зупинився, ніби лише в цю мить уздрів ворога.

— Половці-і! — вигукнув він і чимдуж подався до села.

Половецькі вивідники кинулися навперейми.

У Римові вдарили на сполох. Сторожа — трійко сивих дідуганів — поспіхом зашкутильгали до воріт. Вони готові були зачинити їх одразу ж після діда Овсія. Схоже було, що дід із Бровком таки встигнуть прослизнути до Римова перед носом у половців.

— Молодець! — збуджено приказував Добриня. — Ну, що б ми робили без нашого Овсія!

З крайніх хат вибігали жінки та підлітки, озброєні хто чим. У кого були вила, у кого коса чи рогач...

Дід Овсій, як і треба було чекати, дістався до воріт перший. Сторожа вже зачиняла ворота, коли один з половців схопився за лук. Забриніла тятива, зблиснув на сонці наконечник — і за хвилю в дідовій спині затремтіло охвістя стріли.

— У-у... — болісний зойк вихопився з Добрининих грудей і він підняв нагая, щоб пустити коня учвал. Проте Муровець поклав йому на плече важку руку.

— Стійте, — наказав він і сам скреготнув зубами. — Дідові вже не поможеш.

Добриня зі стогоном від'їхав убік.

Жінки з голосінням підхопили діда Овсія і понесли його подалі від воріт. Сторожа схопилася за луки. Від Городища їй на допомогу поспішало з десяток вершників. Всього з десяток.

Половці збуджено заґелґотіли. Вони на власні очі пересвідчилися, що війська у Римові немає. За якусь часину половці розчинилися у високих травах за Сулою.

Дід Овсій був ще живий. Біля нього метушилася тітка Миланка.

— Не поможе вже мені твоє зілля, сусідко, — хрипів дід і на його вустах ворушилася кривава піна.

Побачивши Добриню, що схилився над ним, дід Овсій сказав:

— Прощавай, друже. Вибач, коли щось не так... А ти, Ільку, займай моє дворище... Досить тобі цупити ягоди... уночі...

Вітькові дід Овсій через силу всміхнувся:

— Мирку... брата мого... дідька болотяного... бережіть...

А за хвилину несамовито заголосив Бровко.

Поховали діда там, де він і хотів — під гранітною брилою на Городищі, звідкіля було видно на всі боки і звідкіля Микула Селянинович зміг би підняти його знову.

Ілля Муровець легенько, мов пір'їну, переніс дідове тіло до ями. А коли могилу зрівняли з землею, він вибив на брилі дідове ім'я і попрохав тих, що стояли довкола:

— Коли що, покладіть і мене поруч. Тільки не забудьте теж вибити ім'я, аби знав Микула, кого піднімає...

БИТВА НАД СУЛОЮ

— Мало нас, — тривожився Попович, підраховуючи ратників, що стікалися до Римова. — Дружинників шість сотень, та ополчення зо три тисячі. Чи встоїмо, доки надійде князь?

— Мусимо встояти, — прогудів Муровець. — Іншої ради нема.

Добриня промовчав. Лише кивнув головою. Добре, коли він з дня дідової смерті сказав бодай два слова.

Тієї ночі у Римові ніхто не склепив повік.

Жінки зносили збіжжя до Городища чи закопували його по криївках. Старі діди з хлопчаками збирали з усіх усюд човни і підводили їх до урвища. Це на той випадок, коли половці прорвуться до містечка і римівським дітям та жінкам не лишиться нічого іншого, як рятуватися в болоті.

Проте ховатися за мурами Городища поспішали не всі.

Тітка Миланка вирішила іти разом з військом. До матері приєдналася Росанка та ще кілька десятків жінок та дівчат.

— Хто ж вас перев'яже, коли щось трапиться? — доводили вони Іллі Муровцю. — Хто, як не ми?

— А вас самих хто перев'яже? — сердито відгарикувався Ілля Муровець. — Ану, геть на Городище і щоб я більше не чув таких розмов!

Росанці теж дісталося на горіхи. Олешко під'їхав до неї і тихо сказав:

— Іди з жінками та дітьми. Бо...

Росанка задерикувато стріпнула русою косою.

— Бо — що? — запитала вона.

— За косу поведу, от що!

І в Олешковому голосі крилася така рішучість, що Росанка мимоволі відступила від Поповича. І лише тоді обурилася.

— Чого це ти мені вказуєш?! — вигукнула вона.

— Бо... того.

Ординці підійшли до Сули, коли сонце вже висушило росу.

Попереду їхала розвідка на чолі з сином половецького хана Андаком. Степовики сподівалися без перешкод подолати пустельну річку.

I раптом спинилися — по той бік, навпроти переправи, стояло військо римівців. Невелике, проте військо! I посеред того війська височів на своєму важковаговозі Ілля Муровець.

Якусь хвилину половці вражено мовчали. Тоді почулися розлютовані вигуки і лави виштовхнули перед себе два десятки ординців — тих, що вчора побували під Римовим. Вивідники розгублено розводили руками і намагалися щось пояснити Андакові. Той спересердя уперіщив найближчого нагаєм і відвернувся.

Половці все прибували. Їм уже було тісно на тому березі. Врешті Андак щось вигукнув — і передні рушили до води.

У повітрі засвистіли важкі стріли римівців. Голосно зойкнули поранені. За течією попливли десятки половецьких тіл.

Перший напад римівці відбили досить легко, хоча й серед них впало кілька воїв, — половці теж осипа́ли їх хмарами стріл. Проте чужинці вже зачепилися за правий берег, їхні коні чвалом покотили на першу лаву піших римівців.

Ті хутко відступили назад — і ординським нападникам відкрилися сотні косо вкопаних у землю березових кілків, що своїм вістрям були спрямовані до Сули. За кілками виднілася валка возів. У проходах між ними стояли найдужчі воїни з рогатинами, здатними прохромити не лише людину, а й розлютованого ведмедя.

Вдарилася в березовий частокіл перша половецька хвиля, напоролася кінськими грудьми на гострі палі і відкотилася до Сули. Вдарилася друга — і захлюпнула частокіл.А за нею вже зводилася третя...

Хоробро билися римівці, не відступали ні на крок. Проте на кожного припадало не менше п'яти половців з тих, що вже перебралися через Сулу.

А до річки підходили все нові орди.

Ілля Муровець вподобав собі найнебезпечніше місце, навпроти головного броду. Вони з Гнідком були закуті у панцир і разом скидалися на неприступну скелю, перед якою розбивалася на друзки найпотужніша хвиля.

Ліве римівське крило очолював Добриня Микитович. Праворуч, ближче до Змієвої нори, бився Олешко Попович з горошинцями та молодшою дружиною. За Олешком невідступною тінню слідував Лидько. Блискавками миготіли їхні доладні мечі, і вже не один половець важко зсунувся під копита римівських коней.

Проте натиск степовиків наростав з кожною хвилиною. На мить, на одну лише крихітну мить хитнулося ліве крило Добрині — і в проміжок між ним та грузьким болотом з пронизливим виттям увірвався ординський загін. Мабуть, хтось із степових вивідників заздалегідь намацав вузьку звивисту стежку в трясовині.

У Добрині тривожно стислося серце: він не міг спрямувати у той бік жодного дружинника.

А половці вже обходили русичів. За хвилину-другу вони виберуться на сухе і вдарять зі спини...

І тут над полем бойовиська пролунало жахне ревіння водяного бугая. З глибини болота навпереими степовикам кинулася якась потвора. Вона змахнула важким дубовим окоренком і передній половець з розтрощеною головою щез у липкій трясовині.

Нападники завмерли з жаху та несподіванки.

— Бу-у-у! — протяжно заревіла потвора знову. Звалився, не встигнувши навіть зойкнути, ще один половець. За ним ще...

То мстився за свого брата Велес, дідько болотяний. І такий вже страхітливий був у нього вигляд, що навіть звичні до всього половецькі коні ставали дибки і збивалися з вузенької стежки.

Зарепетували нелюдськими голосами вершники, марно намагаючись розвернутися назад. А над їхніми головами зі свистом миготів дубовий окоренок і злітало жахливе:

— Бу-у!

Вирівнялося ліве крило. Повільно, але невпинно посунуло вперед, аж поки не зустрілося з новою половецькою лавою, що вихлюпнула з-за Сули.

А на іншому крилі половці Андака все заповзятливіше напосідали на невеличкий Олешків загін.

Сам Андак у битву поки що не вступав. Білими від зненависті очицями стежив він за Поповичем. Чекав, поки той вчинить щось необачне. І тоді вже нікому буде в скрутну хвилину виводити Змія зі схованки.

І таки дочекався свого син половецького хана. На якусь хвилину Олешків кінь вихопився уперед і відірвався від своїх. Андак пронизливо свиснув — і половецькі стріли хмарою полетіли в Поповича. Той ледве встиг прикритися щитом. Ще раз сипонули стріли — і захитався, впав на коліна вірний Олешків кінь.

Син половецького хана показав у злостивому посміху широкі зуби і чвалом покотив на пішого. Та коли їх розділяло лише кілька кроків і Андак уже здійняв над собою шаблю, — Олешко зненацька пригнувся і прикрився мечем. Дзенькнула криця — і в ту ж мить Попович злетів у повітря. Дужий удар ноги вибив ханового сина з сідла.

Половці отетеріли. Вони не могли збагнути, як це сталося. А неушкоджений Олешко вже сидів на Андаковому коні і його меч знову миготів над головами нападників.

— Молодець, Олешку! — загримів над Сулою густий голос Іллі Муровця. — Молодець, хлопче! Так їм і треба!

Радо заворушилося праве крило і посунуло на ворога. Збентежені втратою свого ватажка, половці почали задкувати. Здавалося, ще трохи — і вони кинуться навтікача.

Та їм на поміч уже поспішала свіжа орда.

Сам Муровець не відступив від броду ні на крок. Його Гнідко, здавалося, навіть з місця не зрушив. Важко і невблаганно раз-у-раз опускалася Муровцева довбня на ворожі голови і хребти. І не було від тієї довбні ніякого порятунку, бо ж легкі половецькі шаблі при зіткненні з нею розлітися на друзки.

Але обтікали ординці руського велета, мов морські вали непорушну скелю. Намагалися ударити збоку, зайти зі спини — та поруч з ним усе ще стояли випробувані не в одній битві дружинники.

— Гей, Добрине! — гукав Муровець. — А поглянь-но, чи багато ще полинців за Сулою? Бо вже й обідати пора!

— Пожди, Ільку, ще трошки! — відгукувався Добриня.

Бився він розважливо і без особливого поспіху. Так, начебто виконував звичну і від того вже трохи нуднувату роботу. Проте між поєдинками встигав переяславський тисяцький і поле бойовиська оглянути, і кинути погляд за Сулу, звідкіля підходили все нові половецькі орди, і назад озирнутися в надії, що от-от надійдуть головні сили переяславців.

Проте їх не було.

Вже кілька годин гриміла під Римовим люта січа. За курявою не видно було сонця. Хвиля за хвилею вихлюпувалися на втомлених римівців свіжі лави степовиків.

Але незрушними береговими скелями стояли в шерензі руського війська Добриня, Муровець і юний Попович. З неймовірною силою вдарялися в них шалені половецькі хвилі, проте тут-таки перетворювалися на бризки і відкочувалися назад.

Та не було перепочинку русичам, бо замість однієї хвилі тут же зводилася інша — ще могутніша, ще нестримніша... Один по одному падали захисники Римова і не завжди на місце загиблого ставав інший воїн. Їх просто не було.

Сили русичів вичерпувалися.

Випадково озирнувшись, Муровець углядів поруч себе старшу сестру.

— Ти чого тут? — сердито гримнув Муровець. — Чом не в Городищі?

— Без вас, братку, ми і за городищенськими стінами не всидимо, — відказала на те тітка Миланка. — А з вами, може, і тут встоїмо...

Вона змахнула старим, ще батьківським мечем, і відбила напад кремезного половця. Ще один змах — і половець мішком зсунувся на землю.

Вітько примчав до Сули разом з тіткою Миланкою й Росанкою. За ними поспішали всі, хто міг тримати в руках зброю. А кому це було не під силу, ті разом з малечею подалися до човнів, аби заховатися в плавнях, коли половці увірвуться в Римів.

Вітько з Росанкою пробилися було до Олешка. Проте замазюканий кров'ю і пилюгою Олешко так визвірився на них, що хлопець і не зчувся, як знову опинився позаду римівського війська.

Щоправда, він встиг почути, як Росанка відказала:

— Не гримай на мене, Олешку. Де ти, там і мені бути.

Тож тепер Вітько з луком напоготові роз'їжджав за спинами римівських ратників. Проте годі було визначити, де на нього чатувала більша небезпека — попереду чи за спинами воїнів.

Вже не билися римівці пліч-о-пліч. У багатьох місцях їхні лави було розірвано і в ті щілини, немов всюдисуща вода, просочувалися в'юнкі степовики.

Одна велика бійка перетворилася на безліч двобоїв. Звідусіль долинало важке хекання, дзвін ударів, волання про допомогу, прокльони...

Наразі хтось з римівців радісно скрикнув. Вітько озирнувся й побачив, як з того боку, де був Воїнь, з'явився чималенький гурт дружинників. Вів їх зарослий по самі вуха чоловік. Воїньці з розгону, мов камінь у воду, врізалися в половецькі лави.

Половці на мить хитнулися. Все ж вистояли і за хвилину зі ще більшим завзяттям посунули вперед. Але сунули недовго, бо наразі з того боку, де бився Муровець, почулися нажахані вигуки.

Вітько озирнувся.

Муровець вже не тримав довбню в руках. Замість неї він крутив над головою половцем у пишній ханській одежі. Хан несамовито верещав, а половці відступали від Муровця, не здіймаючи ні шабель, ні стріл — кожен з них боявся вцілити в свого хана.

Задивившись на це, Вітько ледь не проґавив тої миті, коли з шалу битви вихопився один половець і з пронизливим виттям, покотив на хлопця.

Це був Смоква, той самий половець, що переслідував Вітька до Змієвої нори. Вітько пустив у нього стрілу, проте половець різко нагнувся і стріла тільки ковзнула по його шоломі.

Смоква налетів, мов вихор. Все ж Вітькові вдалося відбити перший удар. Вдруге не зміг, бо рука затерпла від дужого удару. А тоді розлетівся щит, не витримали кільця кольчуги — і щось гостре впилося у Вітькове плече.

В очах потемніло. Встиг лише помітити, як збоку налетів Лидько і навідмаш рубонув по незахищеній половецькій шиї.

— Олешку, Мирка поранено! — зойкнула Росанка.

Олешко рвучко озирнувся і це ледь не коштувало йому життя. Все ж відбив удар і гукнув:

— До нори його! Чуєш, Лидьку, до Змієвої нори!

Лидько підхопив ослабле тіло товариша і помчав з ним в обхід половецького війська, — туди, де за кількасот кроків мала бути Змієва нора.

— Та Змія випусти! — гукав услід Попович. — Змія, кажу, випусти!

Кілька половців, що кинулися Лидькові наперерейми, нерішуче зупинилися.

Лидько переніс тіло товариша до купи каміння, яким на всяк випадок було прикрите місце колишньої нори.

Напружившись, відкотив убік одну брилу, другу... Утворився невеликий виямок.

— Лізь сюди, — звелів Лидько, важко відсапуючись. — І завмри. Якщо зостанемось живі, повернемося по тебе. А ні...

Вітько востаннє кинув погляд туди, де над римівським урвищем височіло Городище.

— Лидьку! — зненацька вихопилося у нього. — Поглянь, наші йдуть!

Лидько озирнувся. І справді, від Римова линуло чимале військо. Передні були вже біля Портяної, а на узгір'ї й за ним усе ще здіймалася густа курява.

Попереду, розмахуючи мечем, летів вершник у чер-воному плащі. Його поли здіймалися на вітрі, мов крила розгніваного птаха.

— Князь Володимир! — радісно заволав Лидько. — Тепер живемо! — І став поспіхом підштовхувати Вітька до виямку. — Лізь, Мирку, і швидше! Бо ще копитами затопчуть...

Вітько з останніх сил поповз між камінням. Головою прихилився до того місця, де виднілася темна пляма.

І тут свідомість полишила його...

ПОВЕРНЕННЯ

Ніби крізь сон до нього долинув якийсь невиразний звук. Спочатку Вітько подумав, що то реве десь за Римовим розгніваний тур. Проте невдовзі звук став іншим — густий, рокітливий. На таке не був спроможен навіть найдужчий з турів.

«Схоже на вертоліт, — кволо спливла у Вітьковій голові думка. — Проте звідкіля йому взятися в Римові?»

А тоді йому за комір посипалася волога земля. І що більше вона осипалася, то виразніший і ближчий ставав вертолітний гуркіт. Вітько з зусиллям викинув перед собою здорову руку, відгріб убік жменьку землі. Попереду засіріло. Він гребнув ще раз — і звідкілясь до нього прилинув промінець іншого світла...

Зненацька хтось обережно взяв його на руки і поніс крізь сутінь під сліпуче сонце. Вітько міцно зажмурив повіки. А коли знову розплющив очі, то радісний вигук вихопився з його грудей: він був на руках Поповича.

— Олешку... — прошепотів він. І тут хлопця надовго обступила суцільна пітьма.

А потім навпроти Вітька усівся козак Мамай. Він тихо перебирав струни своєї бандури і дивився кудись удалеч сумовито-задумливими очима. Мамай чимось був схожий на Іллю Муровця, який зняв шолома і навіщось підкоротив вуса. Зненацька козак почав зменшуватися у розмірах. І зменшувався доти, аж доки став картиною на білій стіні.

— Де я?.. — прошепотів Вітько і з зусиллям повернув голову вбік. Тієї ж миті до нього долетів чийсь бадьорий голос:

— От бачите! Він очуняв. О, ви навіть не уявляєте, скільки цей герой ще принесе шкоди сусідським садкам!

А потім над Вітьком схилилася мама. Його мама, та, яку він востаннє бачив майже місяць тому! Мамині очі були червоні від сліз, проте на змарнілому обличчі світилася радість. Збоку від мами усміхався Костянтин Петрович. У руках він тримав Вітьків шолом і розсічену кольчугу. Костянтин Петрович хотів щось сказати, проте його відсторонив лікар з пишними вусами кольору стиглої пшениці. В його руках був шприц.

— Де це тебе, друже мій, стільки носило? — поцікавився він і порскнув рідиною з шприца. — В цирку виступав, чи бився з псами-лицарями?

— З половцями, — механічно відповів Вітько, не відводячи наляканого погляду з гострого шприца.

— Он як, — відказав лікар і весело поворушив пшеничними вусами. — То ти, друже мій, надзвичайно хоробра людина. І для тебе мати справу зі шприцом — це раз плюнути. Ану, повертайся спиною, козаче!

Вітько з жахом заплющив очі.

Через десять днів Вітько вийшов з лікарні й одразу ж захотів податися на Городище. Супроводжували його члени історичного гуртка — Колько Горобчик, Ігор Мороз, Вонько Федоренко. І, звичайно, Костянтин Петрович. Ганнусі ще не було, вона обіцяла приїхати пізніше.

Хлопці йшли поруч з Вітьком і нічого не розуміли. Начебто підмінили їхнього товариша. Такий хвалько був, а тут на тобі — слова зайвого не вимовить!

— Слухай, Вітю, то ти хоч розкажеш нам, що з тобою трапилось? — уже чи не вдесяте запитував Горобчик.

— Потім, — коротко відказував Вітько. — Потім розкажу.

— А чого ти йдеш одразу ж на Городище? — не відступав Колько — Навіщо воно тобі?

— Хотів би дещо довідатись.

Від сонця і свіжого повітря у Вітька трохи паморочилося в голові. Тож він і не заперечував, коли Костянтин Петрович обережно взяв його під руку. Дочекавшись, поки хлопці відійшли трохи вперед, Костянтин Петрович стиха сказав:

— З того, що ти розповідав, я дещо втямив. Одне лиш не зрозуміло: чому ти мене назвав Олешком?

— Коли?

— Коли я виносив тебе з печери.

Вітько пригадав. І уважно подивився на Костянтина Петровича. Атож, він таки був схожий на його старшого товариша Олешка Поповича. Не зовсім, звісно, бо ж волосся мав чорне, а не русяве. І ніс не такий. І очі. У Олешка, здається, були зеленкуваті, а в Костянтина Петровича — сірі. Проте в устах і в самому обличчі щось було в них однакове. І ця вічна смішинка в примружених очах. І нетерпляче пересмикування плечем, коли доводилося з кимось не погоджуватися...

То невже Костянтин Петрович — далекий-далекий родич Олешкові? А коли так, то тоді, мабуть, вийшов Олешко живий з того страшного побоїська, і жива лишилася Росанка!

А Лидько, здається, трохи схожий на Ігоря Мороза. Чи навпаки.

Вчора до Вітька в палату заходила Наталя Задорожна. То Вітько ледь не підстрибнув у ліжку — йому здалося, що зайшла не Наталя, а Оленка, Лидькова сестричка...

Колько Горобчик зачекав, поки Вітько порівнявся з ним і, шанобливо зиркаючи на перев'язану руку, повідомив:

— Я, Вітю, прочитав майже все, що було написано про нашу Воронівку. Знаєш, як вона колись називалася? Го́родом Римовим, он як!

Вітько мовчки кивнув головою. Хто-хто, а він у цьому тепер не сумнівався.

А Колько вів далі:

— От тільки не розумію, чому саме Римів пізніше став називатися Воронівкою.

— Бо римівці часто билися з ворогами, — відказав Вітько і зупинився, щоб перевести подих. Довге лежання в лікарні безслідно не минулося. Цікаво, скільки б лежав з такою раною Лидько чи Олешко? Мабуть, набагато менше. Або й зовсім не лежав би.

— Ну, то й що? — запитав Горобчик.

— А те, що на битви завжди злітається вороняччя. От і назвали Римів Воронівкою. Бо його захисники майже щороку відбивали половецькі наскоки.

— Може бути, — подумавши, згодився Горобчик. — Хоча, як на мене, «Римів» звучить краще.

— І я так гадаю, — сказав Вітько.

Вони підійшли до Чортового Яру і Вітько подумав, що хоч би як надалі склалося його життя — він за найменшої нагоди повертатиметься сюди, адже, може, знову відкриється нора і йому пощастить зустрітися з давніми товаришами. Але дідо Овсій казав, що Змієва нора може відкритися й нескоро — за п'ятдесят, або й більше років. А це ж скільки ще треба чекати! А надто, коли тобі лише дванадцятий.

І Вітько тяжко зітхнув.

— А ще, Вітю, я майже напам'ять вивчив отаке, — не вгавав Колько Горобчик. — От послухай, що писав сам Володимир Мономах: «І пішли ми на військо їхнє (половців) за город Римів, і Бог нам поміг: наші побили їхнє військо, а других захопили...» Знаєш, коли це було? Тисяча дев'яносто сьомого року — от коли!

— Коли-коли? — перепитав Вітько.

— Тисяча дев'яносто сьомого, — повторив Колько. — А що?

— Та нічого, — помітно пожвавішав Вітько. — Отже, таки дали тоді половцям добрячої прочуханки!

— Хто дав?

— Наші, хто ж іще... А ще що ти вичитав?

О, Колько Горобчик вичитав багато чого!.. Що князь Володимир не лише написав послання нащадкам, а й полювати любив. Він виходив сам-насам супроти ведмедя; одного разу дикий кабан розірвав йому ногу; розлючений лось підняв його на роги, а дика кішка рись звалила його разом з конем на землю. Але найважливіше — він так хоробро бився з половцями, що головний половецький хан утік від нього аж у Кавказькі гори і тридцять років звідтіля не потикався.

— От який мужній князь, цей Володимир Мономах! — захоплено вигукнув Колько. — Правда ж, Вітю?

— Правда, — відказав Вітько. — Щира правда.

На Городищі не залишилося анічогісінько з того, що було понад дев'ятсот років тому. Ні мурів, ні воріт, ні клітей, ні сторожової вежі. Лишилася хіба кам'яна брила, та й та майже по верхів'я вгрузла в землю.

Саме до неї і повів Вітько своє товариство.

Якусь хвилину він мовчки постояв над брилою, провів долонею по жорсткій, нагрітій сонцем поверхні і звернувся до Ванька Федоренка, що мешкав найближче до Городища:

— Збігай по заступ. І дротяну щітку прихопи...

— Навіщо? — здивувався Ванько.

— Хочу дещо перевірити...

Ванько збігав навдивовижу швидко. Одна його нога, здається, ще була тут, а інша вже поверталася з дому. І приніс він не однин заступ, а два. Ще й вила прихопив.

— А більше нічого не знайшлося, — виправдовувався Ванько.

Дротяну щітку він позичив у сусідів.

Вітько увігнав заступ у землю біля самісінького каменя і болісно скривився. Ця робота поки що була йому не під силу. Костянтин Петрович відібрав у нього заступ і почав копати сам. Поруч з ним стали Ігор Мороз і Колько Горобчик.

Коли вони закопалися в землю майже по груди, Вітько сказав:

— Мабуть, досить.

Тоді обережно спустився до ями і заходився очищати камінь від залишків землі.

Ім'я діда Овсія Вітько знайшов майже одразу.

На другому боці каменя він не знайшов нічого. На третьому теж.

А на четвертому боці, з самісінького низу, Вітькові пальці намацали якісь борозенки. Вони займали зовсім мало місця і перша з них нагадувала літеру «І». Далі вгадувалося щось схоже на «л»...

— Знайшов щось? — нетерпеливився Горобчик. — А що саме?

Вітько повільно вибрався з ями. Тихо мовив:

— Під цією брилою був похований Ілля Муровець.

Члени історичного гуртка дружно роззявили роти і стали схожими на учасників хорового колективу.

— Але ж... — озвався нарешті Колько Горобчик. — Я ж у інтернеті вичитав, що він похований у Києво-Печерській лаврі.

Всі перевели погляд на Костянтина Петровича.

— Усе правильно, — мовив він. — Спочатку, може, Іллю Муровця поховали тут, а потім перенесли до Лаври — як святу людину, захисника своєї землі.

Вітько кивнув головою і підійшов до урвища.

Звідсіля було видно, наче птахові. Тиша і спокій панували навкруги.

Не диміли сторожові вогні в засульських дібровах. Та й самих дібров уже не було. Не здіймалася курява на дорогах. Лише ген-ген, біля самого обрію, сріблом віддавали широкі присульські заплави.

І ніде жодного половця.

В І Д А В Т О Р А

Це було років з тридцять тому. Ще за Союзу.

Під час однієї зустрічі з п'ятикласниками якийсь веснянкуватий хлопчина запитав мене:

— А чому це Іллю Муромця називають російським богатирем? Адже він воював на нашій, українській, землі, і в нас похований...

На це запитання я тоді не дав вичерпної відповіді. Хоча б тому, що на той час я був поетом-ліриком і описував здебільшого явища природи та свої відчуття з цього приводу. Та й часи були такі, що все найкраще, що було в українців чи в білорусів, вважалося винятково російським надбанням. І будь-яка інша думка відкидалася як хибна й шкідлива. А той, хто її відстоював, оголошувався ворогом народу.

Та все ж після тієї зустрічі я почав цікавитися

походженням цієї історичної особи. І невдовзі з величезним подивом довідався, що навіть у Росії є люди, які не вважають Іллю Муромця російським богатирем. Наприклад, у першому томі двотомника «Былины», виданого в Москві 1958 року, на сторінці 120 написано таке:

«В песне о его выезде из дому названы город Муром и село Карачарово. Такое село действительно есть... Однако делать на этом основании вывод о среднерусском происхождении образа Ильи все же нельзя: можно говорить о среднерусском происхождении той песни».

Вловлюєте різницю? Але й це ще не все. Там само читаємо:

«Наряду с формой «Муромец» имеются формы «Муровец», «Моровлин», «Муровленин» и некоторые другие, которые могут быть произведены от названий городов Моровийск, Моровий, Муравский шлях на юге России (Волынь, Черниговщина)».

А Волинь та Чернігівщина є не що інше, як Україна, а не «юг России». А села Муром та Карачарово, за твердженням краєзнавців, були колись одразу за Черніговом.

Але чому ж тоді пісні та билини про Іллю Муромця мають саме «среднерусское происхождение»? Відповісти на це запитання теж не складно.

Важкі й непевні були то часи. Степами Руси-України постійно тяглися орди обрів, печенігів, половців, татаро-монголів. І не минало й року, щоб вони не нападали на київську і, особливо, переяславську землі.

Тож далекі наші пращури мусили постійно тримати при боці меча. А ті переяславські сім'ї, чиї батьки та сини полягли у битвах зі степовиками, отримали дозвіл від наших руських князів переселятися аж за річку Оку, в заболочені північні ліси, куди пожадливим степовикам дістатися було не так легко. Там, у відносному спокої, матері вирощували своїх дітей, аж поки ті бралися за зброю.

Згодом туди подалися й самі князі.

І от живуть собі переяславські (а згодом до них приєдналися і київські) переселенці на нових землях, звіра полюють, рибу ловлять, хліб вирощують. А довгими зимовими вечорами збираються біля каганців та вогнищ і починають згадувати про той час, коли їхні діди й батьки ще жили понад Сулою і були свідками або й учасниками звитяжних битв за переяславські і київські землі.

А водили їх на ті січі наші славні лицарі Ілько Муровець, Добриня Микитович, Олешко Попович, які разом з хоробрими дружинниками воліли за краще загинути від ворожої стріли, аніж переселятися за далекі болота й ліси...

Отакі думки виникали в мене під час збирання матеріалу про наших далеких пращурів-богатирів. А там уже було недалеко й до написання повісті про їхні славетні часи та подвиги. А що з того вийшло — судити тобі, мій юний друже.

Писано 1986 року в древньому місті Римові над Сулою, що нині зветься Велика Бурімка. Доповнено 2011 року.

ЗМІСТ